寻找桃花源

中国重要农业文化遗产地之旅丛书

旱丰辛夷

苑利◎主编

张池◎著

北京出版集团公司

北京美术摄影出版社

图书在版编目（CIP）数据

旱丰辛夷 / 张池著. — 北京：北京美术摄影出版社，2020.5

（寻找桃花源：中国重要农业文化遗产地之旅丛书 / 苑利主编）

ISBN 978-7-5592-0349-6

Ⅰ．①旱… Ⅱ．①张… Ⅲ．①故事—作品集—中国—当代 Ⅳ．①I247.81

中国版本图书馆CIP数据核字(2020)第092293号

总 策 划：李清霞
责任编辑：董维东
执行编辑：田　喃
责任印制：彭军芳

寻找桃花源　中国重要农业文化遗产地之旅丛书

旱丰辛夷
HANFENG XINYI

苑　利　主编
张　池　著

出　版　北京出版集团公司
　　　　北京美术摄影出版社
地　址　北京北三环中路6号
邮　编　100120
网　址　www.bph.com.cn
总发行　北京出版集团公司
发　行　京版北美（北京）文化艺术传媒有限公司
经　销　新华书店
印　刷　天津联城印刷有限公司
版印次　2020年5月第1版第1次印刷
开　本　787毫米×1092毫米　1/16
印　张　15.75
字　数　227千字
书　号　ISBN 978-7-5592-0349-6
定　价　88.00元

如有印装质量问题，由本社负责调换

质量监督电话　010-58572393

目 录
CONTENTS

　　如果有人问我，在浩瀚的书海中，哪部作品对我的影响最大，我的答案一定是《桃花源记》。但真正的桃花源又在哪里？没人说得清。但即使如此，每次下乡，每遇美景，我都会情不自禁地问自己，这里是否就是陶翁笔下的桃花源呢？说实话，桃花源真的与我如影随形了大半生。

　　说来应该是幸运，自从2005年我开始从事农业文化遗产研究后，深入乡野便成了我生命中的一部分。而各遗产地的美景——无论是红河的梯田、兴化的垛田、普洱的茶山，还是佳县的古枣园，无一不惊艳到我和同人。当然，令我们吃惊的不仅仅是这些地方的美景，也包括这些地方传奇的历史，奇特的风俗，还有那些不可思议的传统农耕智慧与经验。每每这时，我就特别想用笔把它们记录下来，让朋友告诉朋友，让大家告诉大家。

　　机会来了。2012年，中国著名农学家曹幸穗先生找到我，说即将上任的滕久明理事长，希望我能加入到中国农业历史学会这个团队中来，帮助学会做好农业文化遗产的宣传普及工作。而我想到的第一套方案，便是主编一套名唤"寻找桃花源：中国重要农业遗产地之旅丛书"的书，把中国的农业文化遗产介绍给更多的人，因为那个时候，了解农业文化遗产的人并不多。我把我的想法告诉了中国重要农业文化遗产保护工作的领路人李文华院士，没想到这件事得到了李院士的积极回应，只是他的助手闵庆文先生还是有些担心——"我正编一套丛书，我们会不会重复啊？"我笑了。我坚信文科生与理科生是生活在两个世界里的"动物"，让我们拿出一样的东西，恐怕比登天还难。

　　其实，这套丛书我已经构思许久。我想我主编的应该是这样一套书——拿到手，会让人爱不释手；读起来，会让人赏心悦目；掩卷后，会令人回味无穷。那么，怎样才能达到这个效果呢？按我的设计，这套丛书在体例上应该是典型的田野手记体。我要求我的每一位作者，都要以背包客的身份，深入乡间，走进田野，通过他们的所见、所闻、所感，把一个个湮没在岁月之下的历史人物钩沉出来，将一个个生动有趣的乡村生活片段记录下来，将一个个传统农耕生产知识书写下来。同时，为了尽可能地使读者如身临其境，增强代入感，凸显田野手记体的特色，我要求作者们的叙述语言尽可能地接地气，保留当地农民的叙述方式，不避讳俗语和口头语的语言特色。当然，作为行家，我们还会要求作者们通过他们擅长的考证，从一个个看似貌不惊人的历史片段、农耕经验中，将一个个大大的道理挖掘出来。这时你也许会惊呼，那些脸上长满皱纹的农民老伯在田地里的一个什么随便的举动，居然会有那么高深的大道理……

有人也许会说，您说的农业文化遗产不就是面朝黄土背朝天的传统农耕生产方式吗？在机械化已经取代人力的今天，去保护那些落后的农业文化遗产到底意义何在？在这里我想明确地告诉大家，保护农业文化遗产，并不是保护"落后"，而是保护几千年来中国农民所创造并积累下来的各种优秀的农耕文明。挖掘、保护、传承、利用这些农业文化遗产，不仅可以使我们更加深入地了解我们祖先的农耕智慧与农耕经验，同时，还可以利用这些传统的智慧与经验，补现代农业之短，从而确保中国当代农业的可持续发展。这正是中国农业历史学会、中国重要农业文化遗产专家委员会极力推荐，北京出版集团倾情奉献出版这套丛书的真正原因。

苑 利

2018年7月1日于北京

　　作为"寻找桃花源：中国重要农业遗产地之旅丛书"其一的《旱丰辛夷》，记录了我在四川省江油市旱丰村吴家后山调查"辛夷花传统栽培体系"的所见、所闻、所感与所思。

　　由于工作关系，在山上的时间是有限的。即使如此，也要尽可能地将所看到的一切记录下来。2018年与2019年，我四次上山实地调研，三次去江油市查找资料，自觉手中终于积累了一些资料，遂开始动笔。作为高校青年教师，课业与科研压力颇重。但是一有闲暇，我就坐在斗室里，琢磨着怎么才能将江油市的辛夷花传统栽培体系系统地呈现在读者面前。见闻、资料与思考都是零散的，想要将它们整合成一本书，已断断续续花费了近一年的时间。

　　最终成书，是54个小节，可归类为七个部分。第1—3节作为引子，介绍了旱丰村吴氏宗族的迁徙史与语言；第4节梳理了辛夷树的主要生长地吴家后山的地理状况、矿产资源以及自然灾害；第5节立足当地，以叙述村民的日常生活、生产习俗与民间信仰，揭示人的精神内核与辛夷栽培之间的联系；第6节剖析山上为何形成了辛夷花为主体、农业为辅的传统生产模式；第7—9节，阐述江油自古以来就形成"药市"；第10—12节，通过实地调研与文献资料相结合，展现吴家后山辛夷树的分布状况及成因、种植与采集方式，还原吴家人在药市中与计划经济时代所处的位置与交易行为；最后的小节，则着重挖掘江油辛夷花传统栽培体系作为"中国重要农业文化"的价值所在以及"申遗"之路。以笔者的亲身经历，发现农业文化遗产保护与传承的现状和出现的问题。

如此，旱丰村吴家后山上辛夷花的栽种历史、栽种环境、生产过程、销售状况以及附着在人们生活中的文化现象等内容如抽丝剥茧般呈现在读者面前。七大部分的谋篇布局，有助于系统展示农业文化遗产本体的地方性知识体系、景观美学体系与文化价值体系。其中，有关辛夷树的农业知识与其依存的文化生态环境，占据了大部分的篇幅。

在本书中学者以"游客"的身份，力求笔触轻松、愉快，富有生活气息。因此，本书偏向于游记与科普文两者的结合，希望能够让读者全面了解江油的辛夷花文化。笔者也将自己的思想注入其中，既宣传传统农业知识，也评判现代科技；既反思景观破坏，也期待传统田园；既注重价值利用，也反对价值滥用。简而言之，就是要强调农业文化遗产的存在价值，寻求保护路径，实现可持续发展，并力求有助于解决人类发展中遇到的生态问题，而这也是农业文化遗产守护者们的使命。

张　池

2020年1月

一个 "花痴" 的爱花情结 01

我从小生长在南方。那里的春天是极美的，桃花红，杏花白，菜花黄，将大地点缀得分外可爱。而孩提时的我，赏花、爱花，喜欢在花丛里奔跑，放肆地撒野。捞蝌蚪、捉蜜蜂、掰花瓣，还曾摘花做成花环送给女伢子。现在回想，满满的画面感，满满的回忆……

吴家后山的夏天清凉舒适，吸引着绵阳、成都等地的游客前来避暑（刘谦摄）

暮春三月，

江南草长，

杂花生树，

群莺乱飞。

——南朝·梁·丘迟《与陈伯之书》

我从小生长在南方。那里的春天是极美的，桃花红，杏花白，菜花黄，将大地点缀得分外可爱。而孩提时的我，赏花、爱花，喜欢在花丛里奔跑，放肆地撒野。捞蝌蚪、捉蜜蜂、掰花瓣，还曾摘花做成花环送给女伢子。现在回想，满满的画面感，满满的回忆。

上高中后，我就很少去野外好好地品味春意了。就算去，也是陪朋友走马观花，拍点照片而已。时光一去永不回，往事只能回味。谁曾想十余年后，我又有机会唤醒爱花之心，重新成为一个"花痴"，背起行囊跑到离家1000多公里[1]的四川江油研究辛夷花。

记得2018年5月，刚写完博士毕业论文的我接到了师姐赵宁的电话，她说苑利老师正在主编一套"寻找桃花源：中国重要农业遗产地之旅丛书"，问我是否愿意加入作者队伍。刚好我要去四川农业大学工作，而且四川的五项农业遗产均未出书。因此，我欣然选了"四川江油辛夷花传统栽培体系"。理由很简单：距离不远，也是非少数民族地

吴家后山独特的地理环境使得人迹罕至，这里保存了种类繁多的植物，可谓"植物的避难所"（刘谦摄）

区。作为有工作在身的高校"小青椒"，算是比较合适的考察地点。

　　尽管刚开始接手这本书时，赵师姐不停地给我打气，我却并没有充足的思想准备。只是简简单单地寻思着要在春、夏、秋、冬四季各选一段时间，住在当地人家里，与当地人同吃、同住、同劳动，然后观察他们栽种、施肥、养护、采果等各项工作，找点机会做些访谈，再加上自己的分析，最后完整地记录一项真实的中国重要农业文化遗产项目。但后来真的到了那里，才发现自己想得还是太简单。那山太大了，漫山遍野都是树，我光看树都看得筋疲力尽。茫茫林海，何处下手？而且高海拔山区温差大，气候变得太快，8月下旬我第一次去就感冒了。加上当地人语言弯弯绕绕的，有点不太像四川话……总之，困难看上去挺多，方法却有点少。这让田野经验丰富的我有点"蒙"。没办法,既然接了任务,那就只能咬牙干吧!

2018年9月7日上午,我从成都东出发,坐高铁大概1小时出头就到了江油站。为了熟悉地形地貌,我出站后沿涪江步行4公里去市区。江油的自然环境出奇地好,山清水秀。涪江两岸,可谓"沙鸥翔集,锦鳞游泳;岸芷汀兰,郁郁青青"。河边的青草、鲜花让人心旷神怡,水牛也在河里悠闲地嬉戏、打滚。第一印象就觉得这地方生态环境真好。值得一提的是,江油是"诗仙"李白的故里,因此河堤上、护栏上刻满了他的诗文、故事与生活图像。俗话说:"仁者乐山,智者乐水。"青山、绿水,加上浓厚的文化底蕴,这是一座让人"见仁见智"的城市。

注释

[1]   1公里等于1000米。

Agricultural
Heritage

初向"吴山"行

02

　　20世纪80年代，有部香港武侠电视剧《再向虎山行》风靡内地。而从未去过考察地的我，就将第一次进山行动命名为"初向'吴山'行"。吴家后山地处龙门山地震带，山高坡陡。在交通不发达的年代，人们想进山可是十分困难的……

　　20世纪80年代，有部香港武侠电视剧《再向虎山行》风靡内地。而从未去过考察地的我，就将第一次进山行动命名为"初向'吴山'行"。早在我去江油考察前，一些朋友就跟我说：辛夷花林所在的吴家后山区域山高坡陡，一定要小心调研。言语中似乎带着"上山打虎"的悲壮之气。无论如何，既然决定要去做，我还是满心希望在未来的调查中不要见到"大老虎"，而是能够捡到"宝"，完成这本书的写作。然而，刚到江油，我就碰到了颗"大钉子"。

　　趁着开具介绍信的间隙，我决定上山走一趟，熟悉下当地情况。8月8日清晨，简单解决早饭后，我准备先去吴家后山所属的大康镇。

　　大康镇位于江油市西北十多公里处，去那的班车价格很便宜，只需要3元钱。到了大康镇，本想在路边找个三轮"蹦蹦"把我带上吴家后

3.5米宽的上山路。曾经落后的山上交通，如今得到了很大的改善（刘谦摄）

从山门到花庙子的路。尽管路况不错,但其蜿蜒曲折,使得司机必须高度小心(刘谦摄)

山,怎知山路太陡,而"蹦蹦"马力不足,没有一个人愿意上山。无奈之下,我只得独自步行上山。正值秋收季节,秋高气爽,吴家后山下风景宜人。

吴家后山是位于龙门山断裂带东南部、属大康镇管辖的一座孤独的山脉。它的山下就是2008年"5·12大地震"核心区之一的北川县。后来坐在搭载的摩托车后座上,我看到很多崭新的悬崖,就是因地震垮下来的。上山的路异常陡峭,不时能看到垮塌的路基与山石,不少路段的道路倾斜度估计能达到75度。由于地震的原因,山体不少地

冬之厚朴林。冬天的吴家后山一片萧瑟，展现出山林特有的别样风韵（刘谦摄）

方的植被至今还未恢复，一旦下雨就极易引发泥石流。据说，有一年山上突发暴雨，洪水穿过村子，卷走了一切接触到的东西。很多人来不及撤离，葬身于湍急的泥石流之中。而路边的山崖似刀劈斧凿，更是加深了我的恐惧感。

随着海拔的增加，气温快速降低，飕飕的冷风冻得我直打哆嗦。由于空气稀薄，摩托车动力也大打折扣，速度好像乌龟爬行似的。但越往上走，风景越发优美。站在路边，我能看到脚下广袤的川西平原、茂密的树林以及天上一朵朵白云，一瞬间有了腾云驾雾的感觉。大约50分钟后，我到了山顶。眼前出现了一块不大不小的"坝子"，这就是吴家后山了。

说实话，我真佩服当地居民的祖先，能找到这个山窝窝里生活。躲在这里，外人肯定是找不到了。摩的师傅介绍，虽然这是山里，但是村民经济条件普遍较好，可以说是家家有车，因此山下的姑娘们还是愿意嫁过来的。

时值8月，然而对于吴家后山这样的高寒山区而言，已经是凉风习习。下车后，我赶紧来到事先联系的农家乐，点上一份农家餐，喝杯土酒暖暖身子。所谓"农家餐"，其实就是老板自己家平常的吃食。老板娘做了午餐，我给点儿钱顺便搭个伙而已。值得称道的是，即使地处深山，老板娘的厨艺还是很不错的。菜不咸不辣，刚刚好。

常言道："靠山吃山，靠水吃水。"游客们来到吴家后山，常会品尝一番当地美食（刘谦摄）

　　在所有的菜里面，最美味者当数餐桌上的猪头肉。脆脆的，嫩嫩的。也许是老板看出了我吃相有点"狼狈"，就笑着介绍说这可是山里农户养的香猪。除此之外，土鸡、土鸭、山羊等动物也都是当地特产。尽管吴家后山山高坡陡，村民们却在长期的生产生活中掌握了一套养殖技术，以弥补药材生产的不足。山上草木茂密，能够为土猪提供丰富的猪草。而鸡、鸭等家禽散养在林间，以食昆虫为生。山区冬季长夜漫漫，气候湿冷，这些动物能够为山民们提供了充足的热量与丰富的蛋白质，帮助他们熬过寒冬。

　　在过去，每到冬夜，全家人就围坐在堂屋里的火塘旁取暖。火塘中央的铁架子上的锅里煮着饭食，屋内则挂满了腊鸡与腊肉。而自从开展多元化种植，地里全是杜仲、天麻等药材，农户们颇担心散养会破坏药材园。随着近些年来生态改善，山里还出现了黑熊、麂子和野猪等动物，牲畜就更不敢散养了。因此，他们就在房子后面用竹片和塑料网圈出一片地，圈养牲畜。尽管现在养殖业都以圈养为主，出产的肉类仍肉质鲜美，品质与放养的毫不逊色，富有原生态气息。例如村民们养猪，较少使用饲料，基本上不会打各种抗生素。他们都是在每天农活结束后，将在山林里用镰刀割下的"猪草"装进背篓，喂给猪吃。有时也会喂人吃过的剩菜剩饭，作为营养补充。其实这些猪草多含有草药成分，加之特殊的山地气候，导致土猪对气候变化的适应力强，也极少生病。养出来的猪肉质紧实，肥而不腻，算是当地的优质食品。

土酒也是地方特产。曾经山里有烧酒坊，如今村民们则去大康镇购买"苞谷烧"。带回家后就将天麻泡在酒里，制成"天麻酒"。要是吃饭时倒上一口，那可真是爽口又"巴适"。吃午饭时，老板给我倒了一杯，让我尝尝鲜。看着略带昏黄的酒水，估摸着约有50多度。为了暖身子，抵御寒风，我捏着鼻子喝了一口。还真别说，酒的味道还不错，回甘中带着一丝丝的药香。仅仅喝了一小杯，我就感觉酒的后劲实在是太大。大约十多分钟后，我的脑袋晕乎乎的，脚也站不稳，身上倒也变得暖和起来了。

正在吃饭时，老板吴绍禄却忙碌起来，似乎要收拾东西出远门。原来，他的儿子和儿媳明晚要去新疆阿尔勒摘棉花。以前在新疆，采棉人以河南人最多，近些年来四川人后来居上。如今他俩去的棉田就是由一位四川老板承包的，雇用了大量老乡采摘和管理棉花。农闲时，采棉花的大康人就很多，仅这批次就有20多人结伴而去。吴老板的家人下午开车去江油市，第二天晚上将与同伴们在成都集合，一起坐火车去新疆。两口子已经采了5年棉花，仅去年因为装修农家乐而没去成。据吴老板介绍，单人每天可采120公斤[1]棉花，每斤可得2元手工费。新疆之行与棉花成熟期一致，预计摘完后11月20日就可回家。由于山上冬季漫长，当地人就会寻找新的赚钱机会，采棉花即是一种。对于农闲时没有活干的村民而言，如此收入还算比较可观的。

村民们去新疆挣钱还有一个重要原因。由于当地正处在旅游业转型期，因此当地辛夷的花与果基本不再过多采摘了。当地人认为，果采得越多，第二年的花就开得越少。果实，是要留着开花用的。如果非要采，也只能是采山里面的。目前采下来的新鲜辛夷湿果大约四五元一

正值辛夷花节，游客纷至沓来，路边停满了汽车（张池摄）

斤，干果则是十多块钱一斤。由专门人来收，卖到成都等地的药厂。随着采摘量的减少，想养活还留在山上的80余户常住户，还是颇有些困难的。加之采果是件危险指数较高的事情，不时有人采果时摔得致残，年轻人就更不愿意干了。天气暖和时，老年村民在家种种药材，年轻人则在江油、绵阳等地"做活路"。等到农闲，就可以去新疆挣"快钱"了。

午餐过后，我正准备稍事休息。突然天色转暗，阴云突起，山上似乎要下雨。既然天不留我，那我还是撤吧！在我还未上山之时，江油市"6000微视觉"公众号的创办者刘谦老师建议有时间还是步行上下山。为了能够对吴家后山的地理环境有更深入了解，我决定步行下山。一路上，越往山下走，温度就越高，辛夷树就越少。大约过了林峰村，辛夷树就基本少见了。

注释

[1]　1公斤等于1000克。

Agricultural
Heritage

吴家后山——吴三桂后人的山？

据传闻，"吴家后山"这一名称与吴三桂有着千丝万缕的联系。早年吴家先人为躲避战乱，四处寻找可藏身之处。经过艰难跋涉，他们终于落脚江油西部的山区，并将其命名为"吴家后山"……

　　江油辛夷花传统栽培体系的核心区域——吴家后山，这个名字因何而来？一听地名，我们就不难猜到：这地方的村民以吴姓人家最多。我查阅网络资料发现一段传说。因当地村民多姓吴而得名吴家后山，传说当年吴三桂的后人来到吴家后山，从此居于此。据说这里的辛夷花与吴三桂的妃子有关，她就叫"辛夷"。这个解释，算对，也不对。所谓"对"，是因为当地人自认确实是吴三桂的后代，为避祸定居于此。不然，这么地势险要的地方也不会有吴氏家族人居住。所谓"不对"，是因为辛夷花其实真的与吴三桂的妃子没有太大关系，纯属后人附会。那么，吴家后山的名字究竟是怎么来的呢？

　　吴家后山的"吴家"，毫无疑问指的是山上住的基本都是吴氏宗族，其他姓氏的人并不是很多。而"后山"是什么意思呢？原来，当地人认为整个吴家后山的地势是西高东低，面向东边江油的一面为前山，面向西面的一面为后山。以前为了远离战乱，逃避朝廷的搜捕，当地人的先祖们就隐居于地势较高的后山。因此，人们自称生活在"吴家后山"，这也是古辛夷树最为集中的地区。然而，由于后山海拔较高，气候寒冷，地势崎岖，虫蛇野兽也很多，加之水源缺乏，20世纪50年代后，人们都纷纷搬了出来。如今，村民们对外将居住的地方统称"吴家后山"，对内则是将现在所居住的花庙子及山下称为"前山"，山里面原先住的"水竹林"等大片高海拔区域称为"后山"。

　　按照行政区划，吴家后山的主体部分属于大康镇旱丰村管辖。村子的6、7、9等组，位于前山上的花庙子附近，而村委会所在的一些组坐落于山下。尽管山下交通便利，由于有辛夷花等药材支持，山上的组经济水平却明显好得多。据吴绍禄说，花庙子附近的组员几乎家家都住楼房，家家都有小汽车，餐餐都能吃上肉。而山下的村民，多以种田为生，养家糊口都难，农闲时就必须外出打工。他们居住条件

山民们生活条件好了，经济实力雄厚的家庭开起了"农家乐"（张池摄）

差，伙食也较山上逊色不少。按照现在的脱贫标准，相当多的人都可以划入"贫困户"。

吴家后山还有一小部分以位于海拔高度800米左右的林峰村和药王谷为界。其上为旱丰村，而村子下面则归于北川县。而此分界线也是辛夷树的生长线，越往下走，树的数量就越发稀少。近年来，北川县也移植了辛夷树，打造出药王谷风景区。虽然景区的文化底蕴与辛夷树数量远远比不上吴家后山，但是在政府与开发商的支持下，名气也增长不少，分流了大量游客。本书中所涉及的旱丰村，指代的即是林峰村以上的吴家后山。

要了解农业文化遗产，首先必须摸清遗产的来源，了解其发展历史。而江油的辛夷花是何时开始种植的呢？那还得从吴家人的历史说起。

据村支书吴绍旗介绍，吴家后山上的吴氏宗族确实是吴三桂的后人，是他们带来了辛夷树。那他们怎么躲到这山窝窝里来了？这得先说说吴三桂的故事。

关于吴三桂，人们常说的"冲冠一怒为红颜"的典故就与其相关。据记载：吴三桂（1612年6月8日—1678年10月2日），字长伯，一字月所，明朝辽东广宁前屯卫中后所（今辽宁绥中）人，是明末清初著名的政治、军事人物。明崇祯时为辽东总兵，封平西伯，镇守山海关。崇祯十七年（1644年）降清，在山海关大战中大败李自成，封平西王，成为"三藩"之一。康熙十二年（1673年），皇帝下令撤藩。吴三桂自称周王，发动叛乱，史称"三藩之乱"。其孙吴世璠支撑了三年之后被清军攻破昆明，三藩之乱遂告结束。

吴三桂一世枭雄，历经大风大浪，有三件事震惊世人。第一件事：剃发称臣，放清军入关，帮助清军消灭了李自成农民起义军。第二件事：勒死南明永历帝，亲手掐灭了明朝复兴的最后希望。第三件事：起兵反清，另建周朝，身败名裂。而吴家后山村民的祖先就与第三件大事紧密相连。

吴绍旗认为：现在的吴家人是吴三桂孙子吴世璠的后代。因为祖先反清遭了"诛九族"大罪，被迫逃到深山老林里。因此数百年来家族史秘不外传,仅在家族内部以家谱方式流传。可惜的是,家谱现在已经遗失,留传下来的文字资料很少,只能以口传心授的方式讲述这段历史。

定居吴家后山后,祖先们为避祸重新编制了一组辈分,二十四字为一宗循环。按照辈分推算,家族传到现在刚好300余年。吴家人后来查询历史资料,发现在康熙年间的《江油县志》也记载了祖先们迁居的蛛丝马迹。据史料记载:吴三桂的后人避难逃到了川西北地区,隐居山野。

吴绍旗还透露:吴家先祖曾经遗留了一个玉制香炉,相传为吴三桂督造。每逢家族有大型盛会、集会,长老们就会取出来恭恭敬敬地放好,奏乐、燃香,求祖先保佑。由于香炉十分贵重,加之是祖先遗物,故而每年只会使用一两次。然而,吴绍旗发现它的底子却已经磨掉了半公分。根据磨损程度分析,香炉的制作年代应是相当久远的,估计至少有300年。可以说,遗物间接地反映了家族的迁徙历史。

除了家族的文献与口述,林业部门的资源考察也提供了佐证。吴绍旗说:"我们的辛夷花经过林业局的考证,按照植物学和农业学的研究,证明这里的树龄最长的也是300多年。这跟我们祖先搬过来的这个时间是比较吻合的。另外,因为辛夷树原本长在云南,由我们来追溯的话,应该就是当时祖先们为了生存,都带着花的种子逃难过来的。同时考察发现,我们这边最早的树都是人工种植的。你看它的密集度、它的分布很有规律,就知道绝对不是野生的。大片大片的树林,基本都集中在院落旁边。野外的树林都是散落的、不规则的,而这里的树不是,明显是人工种植的。"[1]

从这些信息我们可以得知,吴家先人因战乱来此定居。宗族记忆、树龄测算与树林分布互为佐证,证明辛夷花的种子是由他们带来。其种植的历史不会超过300余年。然而,这也为我们提出了一个新问题:为

为充分挖掘辛夷花资源，原农业部多次派专家赴吴家后山考察，积累了大量的一手资料（刘谦摄）

什么先祖们会将辛夷花作为未来的安身立命之本，而不是其他的植物。我认为，只能用先民的智慧来解释。正是因为他们对气候、地形、水源等要素观察入微，才会栽种最适合的辛夷花。

尽管是"外来户"，吴家人的语言与江油话别无二致，都是现代汉语方言、北方方言、西南次方言、四川方言的分支。我刚进山时，还曾担心语言不通，影响调查。在江油待了一段时间后，我发现旱丰村村民与江油人的语言，与四川其他地区的语言并没有太大差别。虽说如此，在一些小细节上还是要注意，否则让初来者如堕五里雾中。

吴家人经过数百年的繁衍，接受了本土文化。而随着普通话教育的推行、与外界经贸往来的加强以及广播、电视等现代传播手段的普及，当地人基本上都能听懂普通话。这就为当地发展辛夷花药材业、旅游业提供了条件，也为"中国重要农业文化遗产"调查提供了便利。

当农业农村部的专家们来到山上时，绝大多数村民能够将自己所了解的知识全部告知。双方方言不同，却也能较好地沟通。相比一些少数民族遗产地，江油的辛夷花遗产项目还是易于调研的。

注释

[1] 采访人：张池，采访对象：吴绍旗，采访时间：2018年8月21日上午，采访地点：江油市菲尔德茶餐厅。

吴家后山的地理状况 04

虽然吴家后山地势陡峭，易守难攻，但是吴家后人却视此地为乐土。他们还将所居住的聚落定名为"旱丰村"，取旱涝保收之意。山中物产丰饶，盛产各类矿产、动物与植物，其中最有价值的当数辛夷树，为山民带来了可观的财富……

"吴家后山"这个地方为何能被古人看中，毫无疑问是吴家人看中了此地独特、优越的自然地理环境。按照行政区划命名制度，如今吴家后山主体已被划入旱丰村所辖。在当地人眼中，旱丰村就是吴家后山，吴家后山即旱丰村，两者没有太大区别。

听到"旱丰"这个名字，我们可能脑海里马上会闪出一个词"旱涝保收"。这说明人们对这个地方很满意，希望再无天灾饥馑之忧。

地理位置上，旱丰村位于四川盆地西北部边缘、涪江中上游地带。地处东经104°39′33″~104°44′33″，北纬31°44′18″~31°52′26″之间，距离江油市区28千米，区域面积为40平方千米。从区位角度分析，吴家后山与城镇的距离十分合理，既利用了原江油县中坝镇繁荣的药材市场资源，又与人口聚集地保持一定距离，维持着神秘感。外面人经过几个小时的跋涉，好不容易来到山脚下，看到如刀劈般的悬崖与巍峨的大山，则顿时心生胆怯。可以说，地理位置保护了吴家人。

除了地理位置优越，吴家后山的海拔也适合发展药材业。地质方面，江油市夹在扬子准地台西北部边缘四川台坳与龙门山—大巴山台缘褶断带的结合部内，分属两个大地构造单元。其东南部为平原与丘陵，而西北部为褶断带山地。吴家后山即为市

山路在郁郁葱葱的山林里延伸，串联起一个个村落（刘谦摄）

西的高山，跨大康、含增两镇，也是平通河与盘江的分水岭。山岭自东北向西南延伸，海拔逐渐升高。辛夷树对海拔的要求较高，其分布就与山脉走向大体一致。在山的东部，树林分布稀疏，植株较小。越靠近西部的高海拔区域，树的密度就越大，植株也更加粗壮。

吴家人就是吴家后山的原住民？作为"外来户"的他们肯定不是。从古至今，吴家后山已经换了好几批"住户"。原始人、道士、和尚都曾在此生活。其中最早的当数远古羌人。

远古羌人是如今羌族人的祖先。早在5000多年前，他们就已在当地繁衍生息，留下不少遗迹。其中遗留物最集中、规模最大的当数"大水洞新石器时代遗址"。

"大水洞新石器时代遗址"位于旱丰村第9组，即花庙子至含增镇的马路旁边。据四川省文物考古研究院勘测：该遗址距今5000年左右，是典型的水平状洞穴。洞口方向205度，洞顶大部分平缓，直壁，非常适合早期原始人居住。考古队曾对该遗址进行考古发掘，发掘面积约200平方米。清理出大量的石斧头、石凿、陶片、骨器与贝饰等文物。更为重要的是，现场发现用火灰烬、红烧土、木炭颗粒及羊骨残片。经鉴定，"遗址反映出一条始自茂县，东向经岷山断层谷，顺涪江支流土门河、通口河，再沿涪江而下，经绵阳，进入成都平原的古文化传播路线，对研究古羌人进入成都平原的路线以及古蜀文明的形成，具有十分重要的作用。"[1]

该遗址的发现，标志着吴家后山曾是古代北方文明向巴蜀地区扩散的重要枢纽，以养羊为业的古羌人作为中介勾连了两大文明。事实上，作为川西高原与四川盆地之间的一座高山，吴家后山确实有能成为枢纽的条件。远古的移民站在山顶，一眼就能看到脚下的平原，这对走出大山的人们而言是十足的诱惑。然而，也许由于当时吴家后山的自然环境实在太恶劣了，于是人们并不会在此逗留过久，一部分匆匆南下开辟出古蜀文明，另一部分留在了川西高原。如今，山的西北就是北川羌族自治县。"雁过留声"只遗留了"大水洞遗址"，等待后人们去发现了。

吴家后山所处的龙门山褶断带是知名度极高的断裂带，江油、绵阳、阿坝等地常受到地震侵扰。据《江油市志》显示，自明成化二十二年（1486年）有文字记载始，较明显的地震即有22次。在2008年，震惊世界的"5·12大地震"即在此处发生。因亚洲板块受到的压力突然释放，造成了人员与财产巨大损失，改变了川西地区的地质条件与地形地貌。吴家后山上的居民生活状况也因此产生巨变。一些村民聚居点被废弃，择址新建房屋。更多的人走出大山，搬迁到山脚下的平原地区。

其实单凭书中记载与吴家人的口述，我们并不会对吴家后山的地理状况有太多直观的印象。但是通过分析卫星地形图，或者围着吴家后山的山脚绕一圈，我们就会对此有更深刻的理解。

从卫星地形图上看，江油市西北部的龙门山脉一带面积广阔，但是山势甚雄，山高谷深，侵蚀强烈。尤其是吴家后山地区山峦起伏，刚好位于成都平原与青藏高原的结合部。在东南部，则是平坦、富庶的江油市与绵阳市地域；而在西北部，则为连绵不绝的高原地形，其中巍峨的九皇山与其隔河相望。

吴家后山的另一个地名"戴天山"也说明了地势的险要。

唐代大诗人李白就是江油人。年轻时他曾进吴家后山游玩，留下一首《访戴天山道士不遇》传世。

访戴天山道士不遇

犬吠水声中，桃花带露浓。

树深时见鹿，溪午不闻钟。

野竹分青霭，飞泉挂碧峰。

无人知所去，愁倚两三松。

为何叫"戴天山"？解释道："'戴天山'其实本名叫'盖千山'，水竹林那边的后山太高了，把旁边的山都盖过了，就它最高，所以叫'盖千山'，一览众山小。还有的人叫它'肩包顶'。"[2]能够盖过千山，吴家后山可真不一般。

由于辛夷花有着特殊的海拔与气候要求，喜寒，故而其分布是自东向西逐渐递增，海拔越高，数量越多。

在此，我选取较为典型的3个观花区域做对比。地势最低者是北川县药王谷风景区，海拔约为800米，辛夷花数量为100余株，近年来由人工栽种。而稍微下边的林峰村就基本没有辛夷花生长了。从药王谷出发，越往上走树的数量越多，分布越密。爬升至观花核心区花庙子，海拔为1430米，植株数量已经非常可观了。在位于海拔2000－2200米的位置，树的分布密度更大、植株更粗壮。尤其是原吴家人祖居地水竹林，几乎被大大小小的辛夷树所覆盖。

2018年国庆节，我尝试从花庙子往水竹林走了一遭，感觉一直处于爬山状态。坡度虽然较缓，但是仍气喘吁吁。约莫两个小时后，才到达水竹林。这个地方是吴氏祖居地，周围群山环抱。如今这里土壤肥沃，气候湿润，水源充足，即说明了祖先们择地的智慧，也印证他们已经将原本偏僻的山谷改造成了适宜居住之地。

然而，因为高寒山区的气候，加之交通、光照等条件的制约，水竹林实际上只适合辛夷树的成长。为了获得更好的生存条件，满足人口增长的需求，解决交通难题，以实现与外界互通有无，水竹林已经于20世纪50年代初荒废。山民们在花庙子、烂房子等处另寻房址，开

干栏式建筑最适合山区的自然地理环境。小型木屋可以储存杂物，而大型木屋则是人的居住场所。在传统社会里，干栏式建筑底层可以饲养牲畜，中间层住人，而顶层则堆放粮食（刘谦摄）

辟荒地。如今此地已是废墟一片，倒是自然环境少受外界干扰，很好地保存下来。

吴家后山的山势甚雄，不少山体呈大角度，甚至是悬崖。围绕着吴家后山的平通河、都坝河与湔江，刚好将该区包围起来。陡峭山体加湍急河流，构成了绝佳的防守之位，所谓"一夫当关，万夫莫开"。遍布大山的树木、草丛增加了防守成功的概率，一旦朝廷围剿，村民们可守可躲，很是便利。由于吴家后山的辛夷花为人工种植，悬崖与河流既限制了人口的流动，也隔开了辛夷花的分布区域，使其只能在山上生长，未能扩散到山下的江油、北川或者大康等地。

三条河流之中，以平通河为大，也是江油"母亲河"涪江的第二大支流。它使吴家后山（包括药王谷景区）与九皇山隔河相望。由于平通河流域处于龙门山暴雨区，在夏、秋时节洪水频繁，涨落无定。河流水量丰沛，洪水期与枯水期流量变化甚大。丰水期时的河水在山谷中呼啸而下，卷走路过的一切。而枯水期时河水清澈见底，宛如窈窕淑女。除平通河，还有湔江与都坝河。湔江，俗称通口河、盘江，它流经北川老县城。如今当地已经被辟为"北川国家地震遗址博物馆"，游客在此即可见到被大规模改造后的河流。都坝河则是湔江的支流，两河绕经吴家后山的西面与南面后东汇入涪江。

由于三条河流的存在，吴家后山实际上已经成了一座"孤岛"。在古代，人们上、下山必须要渡河。而现在，则要过桥。虽然河流隔绝外界，但是山民熟悉了水文规律。他们知道何时可以出山；哪条河边有落脚地；哪里渔业资源丰富，能够下山获取水产品，补充身体所需营养成分。更为重要的是，航运方便了山民与北川、江油等地发生贸易联系。尤其是现在江油市政府所处的中坝，曾是四川著名的"四大药市"之一，河网密集，药材畅销海内外。吴家后山的辛夷药材业的维持很大程度上得益于此。

尽管山势带来安全，河流带来便利，山与水仍然经常给村民们带来不小的负面影响。山势的阻隔自不用说，河流与地震会产生洪灾与山体垮塌。我第一次上山时，听摩托车司机说：前两年某日天降暴雨，山洪呼啸而下，席卷一切，都坝河边的村子可就遭了殃。河水漫过了一楼与二楼，迫使人们往顶楼避难。有些房屋质量不过关，就直接整体被水冲走了。那次洪水使得众多房屋倒塌，人员死伤严重。山下的人至今心有余悸。

曾经的吴家后山交通极为落后，先民们只能在山林中的小路里穿梭。他们背着装满姜朴[3]、辛夷花果的背篓，蹒跚地走在小路上。如遇雨雪，经常会出现意外事故；如遇酷暑，顶着烈日，难以忍受。除却自然条件的制约，毒蛇猛兽也为出行带来了不小的麻烦。如今，茂密的山林还有蛇、野猪、黑熊、豹等动物生活，使得旱丰村的村民提起山林中隐藏的邻居们还心有余悸。

随着时代的变迁，村民再也不用冒着风险翻山越岭，林间小路已经变成平坦大道。三条水泥路分别从大康镇、含增村和北川县林峰村上山。

大康镇的道路最为凶险，也是最后一条建成的道路。它从下庄坝村通往花庙子，全长12千米，弯道极多，坡度极大，可谓"山路十八

2014年的上山土路。在水泥路修好之前，山民们就在这样的路上行走。他们忍受着日晒雨淋，十分辛苦（刘谦摄）

弯"。由于弯急路险，上山的司机必须有1年以上驾龄且汽车须有1.5T或1.8T[4]以上排量方可进山，否则很容易出交通事故。因此，游客一般不愿意从此路上山。记得我第一次考察吴家后山时，大康镇的三轮车司机都不肯载我过去，就是此原因。

含增镇到花庙子的路况最好，全程18千米。自长钢三分厂起，均为优质水泥路，弯道数量也较上一条少不少。道路沿途有金光洞、哪吒庙等景点，不远处还有"北川老县城地震遗址"，故而不少游客选择此路。然而，人们常说："上山容易下山难"。2019年的花期考察，我自驾下山。随着海拔逐渐降低，每过一段路程就必须停下来让刹车系统冷却。一路上，常见私家车在路边歇息。而经过一段道路时，路面变得狭窄，必须时刻小心。突然，迎面驶来一辆大型SUV，我为让路而不慎将汽车前轮滑入路边水沟，并撞上小树。由于所驾车辆是前轮驱动车型，最后只能靠路过的汽车拉一把才脱离困境。

为发展旅游业，村委会在大康镇上山的路上设置了"山门"，欢迎八方游客（张池摄）

2019年，《哪吒之魔童降世》火爆中国暑期档电影市场，里面的太乙真人的人物设定是有缘由的。吴家后山乾元山金光洞是太乙真人的洞府，当地还流传着"哪吒肉身坟""陈塘关"等传说（张池摄）

　　剩下的沙窝村道路质量属于"村道"水平，路面状况较差，容易对轮胎造成磨损。但由于其弯道少，且是去药王谷的必经之路，反而更受游客与村民青睐。到了周末，骑行或步行队伍时常可见。我第一次下山即选择此路，从花庙子下山到沙窝村步行大约耗时3个小时。出了沙窝村后，可以看到药王谷旅游服务接待中心，方便停车。道路两边绿树成荫，鸟语花香，确实不错。每逢花期，此路更是被管理部门辟为唯一上山单行通道，受到严格的交通管制。

　　吴家后山矿产资源丰富，种类繁多。山下的平通河出产沙金，山上以煤矿、石灰石为主，并有方解石、砂石、卵石与黏土等矿产。

　　我考察时，发现路边的岩层里裸露着大块的煤矿。旁边凌乱的工地显示有人正在开发这些资源，只是规模很小。尽管吴家后山的资源开发规模不大，我却感到一丝庆幸。首先，这里所处的龙门山是出了名的

花庙子是吴家后山的游客集散地。每年花期，自驾的车队从四面八方汇集于此。拥堵的交通恰恰证明了观花活动的火爆（刘谦摄）

从含增镇上山的道路尽管路况较好，过多的弯道仍令其险象环生。2019年花期，有自驾车就因避让不及陷在路边的沟里（刘谦摄）

断裂带，如果大规模开采地下资源，有可能造成地层不稳。一旦地震到来，山体将岌岌可危。其次，"保住绿水青山，就是保住金山银山"。当地山清水秀，林木茂密，矿产开采将会给青山绿水留下一道道难以弥合的伤痕，未来的旅游开发也就无从谈起。

吴家后山青山绿水，是世外桃源，却不是无忧无虑的人间天堂，难免受到各种自然灾害的侵袭。这些自然灾害以干旱、洪涝与地震为主。

其实，对于旱丰村村民而言，干旱与洪涝本"不是事儿"。降雨时土壤与森林吸收了多余的水分，干旱时能够自我调节气温与湿度，起到涵养水源的作用。森林还提供了气候微循环，使山上的湿度适宜，温度冬暖夏凉。然而近现代以来，因人口增长、工业发展等因素，山上的树木曾遭到大量砍伐，尤以面向江油市区的山坡为最。人类的活动改变了

吴家后山的夏天因茂密的树林而清爽宜人，与炎热的山下盆地形成了鲜明对比
（张池摄）

气候，带来了不容忽视的负面效果。仅气温一项，从1988年到2005年，不到20年时间，江油市的年平均气温从15.6摄氏度上升到16.5摄氏度，增长了近1摄氏度。简而言之，暖冬出现得更频繁，而夏天更热了。[5]

洪涝是当地最为常见的自然灾害，历史上多次肆虐江油。由于森林过度破坏，水土流失日益严重，每年下大雨时，洪水裹挟泥土奔涌而下。而河沟因排水不畅加剧了灾情，造成群众生命财产的重大损失。

在古代，干旱平均每隔12年才出现一次。近代由于森林被大面积破坏，干旱出现的频率越来越高，危害越来越大，且呈愈演愈烈之势。"皮之不存，毛将焉附？"即使辛夷树是大力推广的重要经济作物，然而当其他树木被砍光，山坡被开辟成田地之时，它难以独善其身，生存受到影响。花与果产量、植株大小都出现了变化。中华人民共和国成立后很长一段时间，药材产量与质量是逐年下滑的。随着国家"退耕还林"政策的实施，这个情况才有所缓解，但任重道远。

吴家后山地处龙门山断裂带前沿，地震多发。据史料记载，地震本来次数与震级并不会对群众生产生活产生太大影响。自清末开始，发生次数却越来越多，震级越来越大，破坏程度越来越强。2008年的"5·12大地震"更是破坏严重，迫使大量山民搬出祖居地，另建新居。值得庆幸的是，吴家后山地质条件稳固，加之重新恢复的茂密树林吸收了一定量地震波，所幸并未造成重大伤亡。

自然灾害是难免的事。相比其他树种，辛夷树在高海拔地区的适应力更强，对小气候的调节更明显。从这个角度来说，森林与自然的关系是紧密相连的。

注释

[1] 四川江油市大水洞新石器时代遗址发掘简报，《四川文物》2006年06期第19页。

[2] 采访人：张池，采访对象：吴绍禄，采访时间：2018年10月1日晚上，采访地点：旱丰村吴绍禄家。

[3] 辛夷花的树皮。

[4] T与L为汽车排量的一种区分标准。

[5] 《江油市志（1988-2005）》第91页，江油市志编纂委员会，方志出版社。

道家仙所与村民习俗 05

吴家后山曾名"戴天山",秦代开始就是道家祖庭,著名诗人李白还曾到此造访隐逸修道之人。如今这里的道教、佛教以及民间信仰香火旺盛,民俗文化亦传承有序……

人是社会性动物，是肉体与精神的有机统一体，精神需要塑造了人格健全的人，任何人都无法证明自己能够脱离精神需要。人满足精神需要的途径来源多样，譬如艺术与哲学，而宗教也是重要来源。当社会经济发展到一定程度时，宗教就应运而生。杨庆堃认为：由于中国社会中的宗教不那么明显甚至难以被人观察到，不像在许多其他文化传统中，宗教是作为一种独立的因素存在的，因此中国社会中的宗教可以引申为两种类型：制度性宗教和分散性宗教。[1]他进一步解释道：制度性宗教作为独立的实体运行，主要为普世性宗教，如佛教与道教以及其他宗教和教派团体；分散性宗教则作为世俗社会制度的一部分发挥功能，依赖制度性宗教发展其神话的或神学理念，诸如祖先崇拜、民间神明以及道德——政治的崇拜模式。[2]

信仰，是一种捉摸不透的东西，人们对其评价也呈现两极分化。对于群众而言，生活中总会遇到自然科学所解决不了的事情，那就只能求助于神神鬼鬼。那么，吴家后山存在哪些制度性宗教和分散性宗教呢？

江油市区占据优势的制度性宗教毫无疑问就是分布最广泛、信众人数最多的佛教了，曾经还出现过海灯法师这样的名僧。然而在吴家后山，却是知名度极高的道教的"祖庭"，历史同样十分悠久。据当地传说，早在秦代就有修道之人隐居于此，到了唐代更是具备了很强的影响力。"诗仙"李白还曾登上"戴天山"，寻访隐逸修道之人。如今，"戴天山"的道士早已作古，道观也了无踪迹。但是，道教文化却顽强地延续了下来。江油地区著名的道家洞府就是位于吴家山上的"乾元山金光洞"，相传为太乙真人修炼的祖庭与哪吒学道之处，甚至洞的下方还有"哪吒肉身坟"。

金光洞的地理位置非常优越，刚好位于含增镇上山的道路边，易于信众参拜。洞口正对北川地区的山脉，满目开阔，使人顿生"气象

金光洞自古以来就是道家场所，改革开放后道士们在此修建了道观群。经过数十年发展，如今的洞府已经闻名海内外，吸引了大量信众前来参拜（刘谦摄）

万千"之感。该洞因太乙真人和哪吒的传说，一直被尊为神仙洞府，来此访仙学道者络绎不绝，是江油道教的主要活动场所之一。20世纪80年代，沉寂多年的金光洞恢复开放。据记载：1983年，刘天信到金光洞学道，对荒芜多年的仙洞进行整理，上山朝圣者渐增。后中坝镇先锋村杨万祥等上山协助刘天信恢复金光洞。由于不少信士出力，得以将百余尊宋元石刻道教神像从土内挖出陈列，并增塑部分神像。1987年，江油市政协组织政协委员和有关人士前往考察，提出了对金光洞保护和开发的建议。1994年3月，江油市政府批准金光洞为开放的道教活动场所，同

除了道家仙府，吴家后山还有一些佛寺（刘谦摄）

时成立了金光洞管理委员会。2003年后，在主管部门的指导下，金光洞道观主体建筑逐渐定型，并聘请了原中国道教协会会长闵智亭题写的"金光洞"三字镌刻于山门上方。

对于这段历史，山上有些人却有不同看法。他们认为金光洞原本只是一个荒僻的洞穴，直到20世纪80年代刘光信从家里搬出后迁居于此，遂打造成为道家洞府。道观如今已经为吴家后山增加了不少神秘感，在提升知名度方面锦上添花，常有信客到此参拜。江油道教最主要的重大活动有三个：每年农历三月十三日为翠屏山哪吒显化日，六月初六日和十一月十一日为金光洞哪吒再生日和太乙真人圣诞日，均要举行为期三天的庆寿、迎禅、祈祷，保国泰民安的大型法会。会期信众众多。20世纪90年代后，吴家后山的盛名遍布海峡两岸。每年从中国香港、澳门、台湾地区，以及泰国等东南亚国家到金光洞、翠屏山朝觐者达数百人之多。由于中国台湾地区也有哪吒道场，因此每年六月初六，常会有台湾同胞包车前来拜谒。

2019年暑假，动画片《哪吒之魔童降世》火爆全国，金光洞道观和哪吒肉身坟也蹭了一把热度。网络上出现了不少谈论江油与哪吒、太乙真人之间关系的文章，又一次带火了吴家后山。

分散性宗教的民间信仰，实如其名，分布广泛，几乎每家每户都会参与。常见的有祖先崇拜以及古树神山崇拜等。祖先崇拜就是村民都会在家里的堂屋正中设置神龛，上面放有写着"天地君亲师"的神位。早晨与傍晚时分，吴家人会焚香祭拜。而一俟遇到岁时节庆与"婚丧嫁娶"等重大事件，他们还会点燃香烛，献上祭品，焚烧纸钱并磕头跪拜，希望祖先们能够保佑诸事顺利。如今，家家户户仍保有此习俗，只

乾元山金光洞的长老们与哪吒像（张池摄）

吴家后山受到新加坡等地信道教者的喜爱（刘谦摄）

不过神位上的"君"字早改成了"国"字。

古树神山崇拜曾经十分流行，是当地民间信仰的基础。吴家后山树木丛生、百草丰茂，尤其是粗壮的辛夷树随处可见。在"万物有灵"思想影响下的人们认为古树也具有灵魂与神力，于是祭拜古树，以期求得子嗣或治愈病症等。大山也有山神管辖，山神多由土地爷兼任，享受村民的香火。虽然古树神山崇拜是一种民间迷信，但是却有独特的生态保护价值。人们敬仰古树，有效地防止了乱砍滥伐现象，保障了包括辛夷树在内的树木的生存，形塑了现在郁郁葱葱的森林。而神山崇拜还在一定程度上维护了山体的整体性，促进了水土涵养和小气候的保持。在现代科学知识尚未普及的古代，即使带有封建迷信元素，当地人已经意识到必须保护树木、保护山体。可以说，吴家后山的辛夷花栽培体系能够延续至今，不得不感谢当地人敬畏自然、尊重自然规则的卓越意识。

即使与山下的羌族地区紧紧相连，旱丰村村民们仍坚守着汉族传统，并未沾染丝毫的羌族文化。尤其是在岁时节庆方面，完全是汉族习俗。当地人较为重视中元节、中秋节、重阳节、冬至与除夕等传统节日。

曾经的吴家后山山高林密，交通不便，导致山民们缺乏娱乐活动。除了下山观赏乡间小戏，就只能自娱自乐了。"薅草锣鼓"可以说是当地最具代表性的休闲娱乐项目，人人都会唱上一段。吴家人向山要食，在山间开辟出大大小小的梯田和经济作物林。为了减轻高强度生产所带来的劳累，他们会在劳作时表演"薅草锣鼓"。所谓"薅草锣鼓"，又叫薅草号子，由田间生产、薅草劳动、山歌艺术等表现形式组成。它主

古莹华道观，算是山上历史较为久远的遗迹了（刘谦摄）

辛夷花果实挂在树枝上，像一串串冰糖葫芦（张池摄）

要以二人敲锣打鼓给薅草人提劲儿，以此提高劳动效率。它是世代相传的、表现劳动生产与音乐相结合的独有的山歌歌种。演唱时用高亢的唱腔，并加之锣鼓穿插、帮衬，人声与器乐交相辉映，诙谐幽默，场面十分壮观。而男人采摘辛夷花果实时，女人们也会在树下演唱"薅草锣鼓"。尤其是三月春暖花开至六月夏日炎炎之时，吴家后山的山歌此起彼伏，给予劳动人民以精神激励，带来热烈欢快的情绪。

现在，村里通了公路，家家户户生活好了，有钱购买各种各样的娱乐设备。随着生活条件的改善，村民劳作时早已不需要薅草锣鼓陪伴，只需随身携带提前存好歌曲的小型播放器都能乐呵呵地听上一整天。至于下山看戏，更是不需要了。在家打开电视机或者手机连上无线网络，可以观看任何节目。现代化的休闲娱乐方式逐渐改变了村民的日常生产生活，也将他们与传统割裂开来。

地处深山老林，山里人在衣食住行方面并没有太多的讲究。以前村民经济困难，买上一件衣服都是奢侈。多数人衣不遮体，少数人才勉强有衣服可穿。传统的服饰多为自制黑色土布制成，十分朴素。日常生活与劳动时，男士上衣下裤，头缠黑巾，脚穿草鞋；女士上衣下裳，披黑头帕，脚穿布鞋。草鞋对山里人而言十分合适，其粗糙的表面能够在爬辛夷树时提供较大的摩擦力，有助于采摘者

采摘下来的干枯果实有点像皂角（刘谦摄）

立稳树枝。

　　饮食方面，村民主食以大米为主，然而曾经常食不果腹，只能以玉米面、红薯等杂粮混合。这种混合粮干涩、费牙，口感不佳。而在农忙和辛夷树收获时节，农人们要么雇工做农活，中午时送餐到农田或者树林，围坐在一起"打幺台"；要么带着大清早做好的饭菜亲自上阵劳动。采割辛夷树皮、摘取辛夷花与果实，既是一门力气活，也需要高度集中的注意力。因此家中的女人们会将最好的食物拿出来为男人们补充能量。这些食物多为土鸡蛋、醪糟、锅盔、煎饼、馒头、肉类或者饭菜之类，所含热量高、营养丰富，极大地温暖了高寒山区里的人。

　　木结构"干栏式"建筑是当地最普遍的建筑形式。村民从山里采伐大小不一的木材后按照用途分类，邀请亲朋好友搭建木房屋。穷人住的是单层小木屋，有钱人则搭建两三层的楼房。底层养猪、牛、鸡等动物，兼作厕所之用，楼上则住人、堆放杂物。吴家后山毒蛇猛兽很多，楼房可以有效地保护家人的安全。不过，由于辛夷树的经济作物属性，人们并不会采伐它作为建筑材料，而是另选其他木质密实的速生树种。

对于出行，以前特别困难。在道路修通前，贫穷的村民们只能肩挑背扛，踩着泥泞山路出山。家有余财的人则会买上一两匹马，做代步、运输之用。拥有一条方便、快捷的道路，哪怕是破破烂烂的泥巴路，都是村民们祖祖辈辈的梦想。

"腰系绳索把钎打，炮震山河水自来。"改革开放后，吴家后山人自力更生、艰苦创业，逐渐改变了落后的面貌，迎来了幸福美满的生活。传统的服饰已经被现代服装所代替，花色品种与样式日新月异，年轻人穿着时尚，身别手机，老年人也普遍穿金戴银。只有在进山或劳作时，他们才会换上石棉布或者帆布制成的灰色或深蓝色工作服，以方便搬扛、爬树与采摘。人们的饮食结构也发生了巨大的变化。"改革开放"后，农户的伙食改善不少，曾经只有逢年过节才能吃到的肉类、美酒已不再高高在上，随时可以品尝。从事旅游业的村民常会下山采购食材，放置于家中冷藏设备内。游客上山点菜时，完全能够实现"丰俭由君"。建筑样式也有大变化。在过去的三四十年里，"干栏式"木屋被大量改造为钢筋混凝土建筑。尽管新建筑有效地提升了村民们的生活水平，却对吴家后山的整体环境造成了不小的负面影响。尤其是辛夷花开遍山岗之时，其间分布的现代建筑显得分外突兀，使游客反感。所幸一些村民已经意识到这一点，在建造新房时会主动求得在传统与现代之间的平衡。譬如现在花庙子的住户多是"5·12大地震"后的移民，搬迁至此后采用了一楼为钢筋混凝土，而二楼和三楼则是纯木结构的建筑形式。也有的现代建筑会"穿衣戴帽"，外表贴上木板装饰，倒也不算违和。如此一来，建筑的传统风貌得到了较好的提升。至于出行，得益于

农家小院（刘谦摄）

药材产业与旅游业发展，山上村民的生活条件明显比山下村民强得多。
农闲时节，常见村民拖家带口，自驾旅行。总而言之，人们的生活水平
真是发生了翻天覆地的变化。在传统社会，农耕是山里人的主业。由于
地理原因，很难有流动小贩上山推销货物，人们只能下山去大康镇、江
油县等平原地区以货易货或售货挣钱。山下的世界比山上可是精彩多
了，能够满足人们的需求。食品、手工制品、钱庄、饭店、邮政所、法
院、药铺等设施应有尽有。山里人如果有闲暇，他们还是愿意下山去体
验"花花世界"的。逢年过节时，下山的人络绎不绝，采购消费的物
资。尤其在新年期间，吴家后山人都会在镇上、县城里看上几天大戏，
一解一年来的疲乏与单调。大街小巷挤满了游乐的人，观戏、吃零食、
买年货、走亲访友……好不热闹。

然而，热闹的日子只是山里人生活中准时到来的"小插曲"，绝大

多数时间他们还是在山中耕作、种药,这才是人生"主旋律"。与中国其他地方一样,当地人过着"男耕女织"的生活。男人在梯田里耕作、在山里采药;女人在家带娃、纺布、操持家务、喂养牲畜家禽,成为重要的生产力量。在农忙时节,男人忙不过来时,女人、小孩和老人还要适当"搭把手",承担一定程度的劳作。"男主外,女主内"的模式成为唯一的生产方式。

自然地理环境决定生产方式。吴家后山崎岖的地形决定了山里人必须在有限的可耕地里"刨食"。除了漫山遍野的药材地,梯田农业成为

秋日里的农家小院静谧、祥和(张池摄)

主要的农业生产模式，形塑了山地生产习俗。首先就是选种育种习俗。当地流传着"好种出好苗""饿死不吃粮"的农业谚语，印证了人们对种子这一立业之本的重视。每逢秋收时节，全家人都要聚集在一起，从收获的稻谷、玉米里选取颗粒饱满、色泽鲜亮的优质种源。经过仔细筛选的种子适应性与稳定性强，丰产率高。药材选种也是如此，一定要保证选取的药种是最优质的部分。选好的水稻、玉米、辛夷等种子用干净麻袋装好，存于干燥通风处，由家中长辈看管。中华人民共和国成立后，所有的种子被各生产小组选取、存放。如今，选种育种习俗已变得简单随意。随着经济发展，从事农业生产的人越来越少，剩下的留守老人、妇孺多去集镇上种子公司、化肥公司购买种子。收割的稻谷、玉米、高粱等作物基本上自家食用，少数用来养猪或出售。药材种子简单晒干后，也被装入麻袋储存后卖给收购商。总之，生产方式的改变，使得选种育种习俗渐渐被人们淡忘了。

其次就是"开秧门"习俗了。以前当地人将春末夏初（五月初）的第一天定为"开秧门"。村子里的宗族长老与推选出的行家里手，大清早带着工具齐聚村口。在群众的敲锣打鼓声中，他们到达预先选好的优质田地，将准备好的秧苗插进田地。这种做法是村民们的美好祈祷，象征着未来一年里风调雨顺，农作物会获得理想的收成。各家各户也会邀请种田能手到自家地里插几天秧。中午休息时，主人带上精心准备的菜肉包子、咸蛋、甜酒等食物到田间地头慰问，俗称"打幺台"。慰问之前还要举行仪式，在田坎边摆上"刀头（祭肉）""水酒"祭祀土地神。采辛夷花、果时节，要是一家中没有可用劳动力，家里人同样会雇用行家里手"搭把手"，并给予最好的饭食。中华人民共和国成立后，随着农业合作化集体生产的兴起，"开秧门"习俗逐渐消亡。后来，连种田的人都少了。

生产性习俗是当地人适应自然、改造自然时所产生的地方性习俗。在过去，相关习俗不少，只是其中的大多数已被当地人淡忘。只剩下上文的那些习俗，还存留在老一辈人的脑海里。随着人口的流失，未来不仅是生产性习俗，其他的民间习俗也将被走出大山的人们所遗忘。

注释

[1]　[美]杨庆堃：《中国社会中的宗教：宗教的现代社会功能及其历史因素之研究》，范丽珠等译，上海人民出版社2007年版，第268页。

[2]　[美]杨庆堃：《中国社会中的宗教：宗教的现代社会功能及其历史因素之研究》，范丽珠等译，上海人民出版社2007年版，第269页。

"靠天吃饭"——吴家后山上的种植业 06

吴家后山有着独特的山地气候，适合种植高山作物。这里土地肥沃，水源充足，开垦出的一块块良田，既种植粮食、瓜果和蔬菜，也放养牲畜家禽，还栽培辛夷树、天麻等药材。收获时节，药材被销往江油、绵阳等地的药市，所得收入能够有效地弥补山地农业产出的不足……

　　关于辛夷树的来历，当地人多认为是吴三桂的大哥携吴三桂后裔一行，为躲避战乱和灭族之灾，携带了生产、生活物资到了吴家后山避世隐居，其中就有辛夷花的种子。当吴家族人到达深山老林后发现：当地的气候、降雨、土质等条件并不适合大多数作物生长。然而，对于辛夷树来说，这却是非常理想的生长环境。于是人们就有意识地培育辛夷树，使其成为重要的交换物资原料。这也解释了为何最古老的的辛夷树聚集在吴家人老屋水竹林区域。

　　不过，在江油市人民政府编制的《四川江油吴家后山辛夷花传统栽培体系保护与发展规划》中指出："从吴家后山的生态环境和气候条件看，吴家后山是最早生长辛夷花的地方。吴氏后裔进山后发现并开始繁殖辛夷花，逐渐形成了当今成片的五颜六色、花形巨大的辛夷树群，主要作为药用、标识之用，后人逐渐把辛夷花作为食用、养生和观赏。"[1]也就是说，辛夷树可能是山上原生的，只是吴家人在数百年间将其广泛培植而已。

　　不管是何种起源，至少说明确实是吴家人将其发扬光大。那为何他们如此青睐种植辛夷花？这当然与当地气温、土质等自然条件有着密切关系。旱丰村全境海拔在700～2179米，落差十分明显。尤其是以水竹林为中心的高山区海拔在1200～2179米，属北亚热带湿润季风气候类型中的高山气候。该气候类型有着明显的季风期，四季非常分明。气候较为温和，夏雨集中，冬春季节温度较低。而由于海拔的影响，当地气温较山下平原低不少，导致植物生长周期短，物候相差半个月至一个月之久。据气象部门观测，旱丰村年平均气温为15.9摄氏度，吴家后山核心区年平均气温仅为11.2摄氏度，这可以说是相当"凉爽"了。山上无霜期长，热源充足，而年均降水量为1003.5毫米，具有降水丰沛、雨热同步、昼夜温差大的特点。

　　记得我第二次进山时，正值2018年的国庆黄金周期间。白天的阳光有些强烈，晒在身上甚至有些刺痛。而一到晚上，气温却骤然下降。我只能脱下短衣短裤，换上秋装，才算保存点体温。睡觉时还铺了电热毯，盖上了厚被子，可见当地的气温变化有多强烈。这种气候条件对多数平原和山地作物十分不利，却非常适合喜光、耐寒、能露地越冬的辛夷树生长，是极佳的环境。

　　当地土质也很特殊，为黄棕壤，富含有机质，腐殖土厚达10厘米以上，pH值在5～6.5之间。其中原始森林2万多亩，森林群落分层非常合理，森林覆盖率高达98%。植被分层中，乔木层以辛夷树为主。它爱干燥，喜肥沃，排水良好，而且能在弱碱性的砂质土壤中生长。灌木层中，各类高山植物、奇花异卉争奇斗艳。尽管夏季降水丰富，但是除却植物储藏的水分，其他的水分都透过喀斯特地形特有的岩层流入地下暗

西南科技大学的农业专家们付出了艰苦的努力，在山上建立起种苗繁育基地（刘谦摄）

河。因此，从地质条件说，吴家人种植辛夷花是有科学道理的。

即使辛夷树能够带来稳定的经济利益，村民当然不仅仅靠这一种植物生活，还有农作物生产。尤其是在交通不便的古代，他们还是需要辛勤劳作以获得食物，或者下山换取其他物资。旱丰村地处高山，只适合玉米、土豆、乌药等适应力强的农作物。尤其是广种丰产的高山优质土豆和天麻，是山上老百姓食物（或药食两用）的重要来源。因本地土壤肥沃，气候寒冷，生产过程中无须农药和施肥，生态环境良好无污染，所种的果蔬病虫少、个头大、品质好。在冬季，农人们顶着严寒，刨开微冻的土地，种上冬油菜与天麻。五月中下旬收油菜籽，夏秋时节再收点瓜果，冬天则挖出去年种植的天麻。除此之外，他们常年种植白菜、青菜、萝卜、韭菜、菠菜等蔬菜，以及猕猴桃、核桃、桃子、李子、梨子等水果，补充身体营养，只是数量并不可观。

采收厚朴。这是辛夷花之外山上的另一大经济药材（刘谦摄）

　　吴家后山上的养殖业主要以猪、草鸡、山羊、牛的养殖为主，这些曾经都是在山林里散养。如今国家实行"天保工程"，为了保护山林禽畜，散养转为圈养。尽管如此，村民仍然坚持去山里采集植物作为饲料。

林下养殖之养鹅。为了养活自己，山里人长期坚持林下养殖。副业产品既能满足蛋白质需求，也能换回生活所需（刘谦摄）

林下养殖之养鸡。鸡肉可以说是村民最喜欢的肉类品种了（刘谦摄）

简而言之，由于地理与气候原因，旱丰村的农业产量十分有限。而且旱丰村的农业较为简单，品种单一，稳定性差，村民们"靠天吃饭"。在古代，一遇歉收状况，人们就会遭遇饥馑。这也就逼着人们经常出山，外出打工或者拿药材"以物易物"。

在农业文化遗产中，调查研究种植栽培系统是不可跨越的程序。因为它既是了解一项遗产的基础，也是研究的本体。作为吴家后山传统的支柱性产业，辛夷树堪称绝对主力，曾经为山民的生存做出了极大贡献，如今更是入选了中国重要农业文化遗产项目。那么吴家后山的辛夷树究竟是如何栽培的呢？它又如何走出大山，流通于市场呢？带着疑问，我走访了农户，进入图书馆与资料保管部门，希望能够为读者还原"昨天的故事"。

从分布上来说，江油自古以来就是著名的药材生产地，所产药材种类繁多，产量大，经济效益高。在药材产业的带动下，江油的中坝地区成长为四川"四大药市"之首，并名列本省"四大名镇"，[2]在西南地区有着举足轻重的经济作用。

明清以来，四大名镇各有所倚重，对"天府之国"的经济发展产生了深远的影响。金堂县城赵镇地势平坦，地理位置优越，背靠繁华富庶的成都，坐拥沱江河运之便，成为物资集散枢纽就变得理所当然。成都地区的织锦、桐油等土特产从此处散运至全国各地，换回本省紧缺的手工业品、钢铁和白酒等产品。在便捷的交通"加持"之下，赵镇就成为古代四川最大的镇之一。

渠县三汇镇号称"小重庆"，因巴河、州河与渠江三江交汇，故得此名。大巴山区的农产品、木材桐油经此销往川东、汉中、成都等地。

射洪县城太和镇地处江油涪江的中游，道路四通八达，承接了川西北山区物资互通有无的"业务"。其交通上通羌藏地区，下达重庆，北接广元。商人们承接了大宗盐、丝绸等产品的转运工作。据《西南经济地理纲要》记载："整个涪江上游皆在太和镇商业范围之内，其商业之发达，列入四川省四大名镇之中。"在此环境之下，太和镇工商业十分繁荣。

而四镇之中以古江油县中坝镇最为特殊。说起特殊性，在于它并不像其他三个古镇，靠贩运各种工农业产品起家，而是有"拳头产业"，即药材业。中坝恰好位于川陕大道上、涪江上游位置。涪江、昌明河从东、西两侧流过，直通太和镇。河流水量充沛，水流平缓，十分适合发展航运。川西高原和陕甘地区的药材在此经过简单的防水处理后，经成都与重庆，贩往全国。药材种类之丰富，产量之巨大，使其成为著名的药市。

综观"四大古镇"，无一不靠发达的水运起家，成长为地方交通枢纽与商业中心。然而，江油中坝镇靠着一根根草药、一块块兽骨，撑起了一方天地。"熙熙攘攘，皆为利往"。各地的商人在此云集，藏、羌、彝等

天麻也是重要的经济药材。如今村民们在农业专家的指导下，将天麻育种搬到了家中（刘谦摄）

民族同胞也在此换回了高原紧缺的产品，使药市展现出独特的烟火气。

医药在人类发展史上扮演了重要的作用，甚至在某些时候还决定了历史走向。中国人高度重视医药。早在上古传说时期，神农氏就尝遍百草，以解救天下苍生。后世也涌现出张仲景、华佗、李时珍等著名善药之人，以及《神农本草经》《唐本草》《本草纲目》等中药研究著作。可以说，药材在生产生活中的"出镜率"相当高，产地遍及全中国。而四川因地处中国大陆地势三大阶梯中的第一级与第二级之间，为青藏高原与长江中下游地区的过渡地带，高原、山地、丘陵与平原齐备。其地貌东西差异大，地形复杂多样，导致所产的药材不仅种类多，而且产量大，不可替代性强。

在药材行业，自古便有"川广药材"的说法，即四川药材与广东药材的品质在国内并驾齐驱。我们如果去中药店抓药，就会发现很多药材都带有"川"或"巴"字。譬如金庸小说里常见的泻药"巴豆"，就是以产地"巴"命名。又如川黄连、川芎、川贝母、川椒等都是四川特产。尤其是"峨眉雪蛆""辟尘雷"等药材更是罕见，药效极佳。这说明川产药材优势巨大，深受人们喜爱。

据史料记载：早在唐代，四川省就出现了药材市场。《稗史汇编》称四川最先出现的药市在梓州（三台）。传说梓州有位叫王昌的人，无意中遇到了神仙，传授了他服药延年的方术。在大中十三年（859年）九月九日，王昌白日升天，成为神仙。后人为了纪念他，便在重九那天，齐集于梓州来卖药，以沾点仙气，于是就形成了药市。梓州药市开始形成时，只开设一个夜晚，匆匆来，匆匆去，没有大宗交易可言。直到宋代，才发展为每年3天的大集。此后，四川境内逐渐出现了大大小小的药市。据陈元靓《岁时广记》卷36记载：

中药厚朴（刘谦摄）

中药乌药（刘谦摄）

中药细辛（刘谦摄）

中药绞股蓝（刘谦摄）

中药杜仲（刘谦摄）

中药天麻（刘谦摄）

　　"梓州以王昌于九月九日上升，天下货药，皆于九月初集州。八日晚于州院街易元龙池中，货集所卖之药，因谓之药市，迟明而散。逮燕肃知郡事，展为三日，至十一日而罢。文中提到的'天下货药，皆于九月初集州'，征之文献，确实如此。如《太平广记》卷52引《续仙传》称殷七七'在江西卖药十余年，入蜀'。又《录异记》说：'黄万佑修道于黔南无人之境，累世常在，每二三十年，一出成都卖药。'皆其例也。"[3]

　　到了民国时期，四川省最出名、最活跃的当属江油药市。复杂多变的地形地貌、四季分明的气候状况、便捷的交通条件以及多民族聚居特性，为其提供了充足的药材资源与大量的商人富贾。当时既有江油、彰明[4]两县的药材自产，也销售其他地区的药材。清代同治十年（1871年）的《彰明县志》记载了当地主产附子、益母、天门冬等地道药材已有81种。[5]清代光绪二十九年（1903年）的《江油县志》也详细记载了31种主要草药。中华人民共和国成立后，党和国家倡导大力挖掘中药资源。1978年，着手对绵阳市中药资源普查，共采药用植物标本1.19万号、4.75万份。1983年，该市成立中药资源普查办公室，经两

中药重楼是一种不常见的药材（刘谦摄）

中药芍药是较为常见的药材（刘谦摄）

年普查，全市境内中药资源查清定录的品种有383种；经统计测算，全市家种药材93种，产量可达280万公斤，野生药材290种，资源蕴藏量达720万公斤，种源隶属于135科、276属、3个矿系。[6]

江油的药材数量如此之多、种类之丰富，不免让人眼花缭乱。究竟哪种药材地位最重要，最能堪称地方特产？

注释

[1] 《四川江油吴家后山辛夷花传统栽培体系保护与发展规划》第7页，江油市人民政府、绵阳师范学院城乡建设与规划学院，2014年。

[2] 这四大名镇分别是金堂赵镇、射洪太和、江油中坝、渠县三汇。

[3] 雷喻义主编，《巴蜀文化与四川旅游资源开发》，四川人民出版社，2000年03月第1版，第284页。

[4] 彰明县为川西古县之一，治所位于今江油市城区南部，其于1958年9月与原江油县合并，成为新的江油县。

[5] 《绵阳市志1840-2000下》《绵阳市志》编纂委员会编，第1947页。

[6] 同上，第1948页。

江油地区的药材种植分布 07

江油西高东低的地形造成药材的多元种类，分布极其广泛。随着时代的发展，附子产业"一家独大"的局面将会改变，辛夷、厚朴、天麻等药材将有助于江油药材种植多元化的形成……

　　四川省幅员辽阔，环境差异较大，这为各地发展药材种植提供了有利条件。江油也不例外，西高东低的地形造成药材的多元种类，分布极其广泛。药农们在这里种植了附子、辛夷、川芎、党参、杜仲等多种草药，大致的分布范围如下：

品种	适合发展区域
白芷	彰明、青莲区
桔梗	新安、重华、青莲区
丹参	新安区
麦冬	九岭、新民、青莲区
附子	河西、彰明、让水、德胜、三合乡
火麻仁	雁门
川芎	河西、彰明
板蓝根	河西
枣皮	让水、含增
白芥	新安、重华
薏仁	新安、青莲区
银花	马角、重华
厚朴	北城、新春、大康、含增、雁门
黄柏	雁门、含增
杜仲	雁门、丰顺
柴胡	含增、北城
天麻	大康、新春、雁门

来源于《江油市志（1998-2005）》

　　由此可见，江油药材种类丰富，整个辖境都是适合特色产业发展的区域。尤其是地处山区的乡镇，高山、丘陵与平原合为一体的环境更具备多元发展的潜力。在原江油县相关部门曾经出台的《江油县中药材生产发展规划》中，1985—2000年的辛夷花产量将从5000千克/千株增至1万千克/千株。因此，中药材产业是政府重点扶持的对象。

而据江油县医药公司1984年的收购单目显示：县内出产中药材品种189个，其中根茎类64个，果实、果皮类58个，全草类19个，花叶类13个，树皮类9个，藤木、树脂类10个，动物类12个，其他类4个。除附子外，地产中药材的主要品种及常年产量为桔梗0.7万公斤，明参0.5万公斤，芡实0.5万公斤，天麻0.08万公斤，辛夷花0.08万公斤，杜仲0.25万公斤，黄柏0.15万公斤，厚朴0.2万公斤，银花0.25万公斤，麦冬2万公斤，川芎4.5万公斤，党参0.6万公斤，苡仁3万公斤，白芥子1万公斤，火麻仁1万公斤，大青叶1万公斤，柴胡4万公斤。其中藏王寨的党参、吴家后山的辛夷花、观雾山的天麻等中药材为传统特产。然而，要论江油地区产量最高、地位最重要者，附子若称第二，其他药材就不能称第一。

附子是毛茛科乌头属植物，主产于四川、陕西、云南等地。被称为中药中"回阳救逆第一品"。功能主治：回阳救逆，补火助阳，散寒止痛。治阴盛格阳，大汗亡阳，吐利厥逆，心腹冷痛，脾泄冷痢，脚气水肿，小儿慢惊，风寒湿痹，踒躄拘挛，阳萎宫冷，阴疽疮漏及一切沉寒痼冷之疾，可见其药用价值之高。国内附子产区以四川江油、陕西城固种植历史悠久，产量大，质量好，销往全国并出口。

江油附子种植历史悠久，海内外驰名。得益于优异的自然地理环境，附子产量大、质量好。早在唐代即开始广泛种植。《新修本草》[1]记载："附子、乌头，并以蜀道绵州、龙州者佳。"绵州、龙州指的就是现在的绵阳、江油区域。这说明附子在当时已经获得了"官方认证"。北宋元符二年（1099年），彰明县县令杨天惠写有《彰明附子记》，记载道："绵州（今四川绵阳），故广汉地，领八县，惟彰明出附子。彰明领乡二十，惟赤水、廉水、昌明、会昌产附子。合四乡之产，得附子一十六万斤以上，然赤水为多，廉水次之，而会昌、昌明所出甚微。附子之品有七，实本同而末异。其初种之小者为乌头；附乌头而旁生者为

冬天的厚朴林，满地的树叶，踩上去"沙沙"作响（刘谦摄）

附子；又左右附而偶生者为鬲子；又附而长者为天雄；又附而尖者为天雄；又附而上出者为侧子；又附而散生者为漏篮子。皆脉络连贯，如子附母，而附子以贵，故独专附名也。"[2]

在很长一段时间内，江油附子的光芒完全掩盖了辛夷，更遑论其他药材了。其产量之高、影响之大，受到了官家、商家和民间的青睐。四川附子产量大、质量好。以其加工制成的附片，品种规格齐全，质地优良，具有片张大而匀、半透明状、呈冰糖色、油润有光泽、酥脆等特点。故而历史上一直是调供全国和出口的传统产品，在国内外市场上享有很高声誉，远销俄罗斯、美国、英国、日本、澳大利亚、东南亚等国家。[3]据《中国土产综览》载："1924年，江、彰两县附子产量曾达2250吨，1936年1575吨，1950年785吨。中华人民共和国成立前历史常年产量1000吨。"[4]

中华人民共和国成立后，江油附子在四川省收购量长期保持在80%

以上，甚至最高时达到了98%，可见其坚实的生产基础。1975年，江油附子被政府大力推广，产地逐渐遍布四川。近如温江、邛崃、遂宁，远至凉山州的雷波、美姑、布拖等民族地区都有种植。

然而，进入20世纪80年代，其他省份如陕西、云南等地也大力发展附子种植业，极大地冲击了江油附子的销路。导致产销失衡、供大于求，并出现了滞销伤农的现象。为了统筹规划，避免盲目种植，四川省逐渐减少附子的产地与产量，现仅存江油市与布拖县。到了1985年，全省附子种植面积为2684万亩，产量为28.34万斤。尽管产量仍然可观，但与高峰期时相比已经不可同日而语了。同时，江油市相关部门也在积极促进药材业转型。大力发展辛夷、厚朴、天麻等药材生产，摆脱附子"一家独大"的局面。在转型的大背景下，辛夷药材产业的发展得到了机会。自20世纪80年代末期，江油辛夷的产量逐年上升，使辛夷成为位列仅次于附子的第二大药材了，成为地方经济增长的强劲"发动机"。

注释

[1]　即《唐本草》。

[2]　赵存义著，《本草名考》，中医古籍出版社，2000年09月第1版，第316、317页。

[3]　四川省医药卫生志编纂委员会编，《四川省医药卫生志》，四川科学技术出版社，1991.08，第522页。

[4]　张世臣、李可主编，《中国附子》，中国中医药出版社，2013.01，第266、267页。

"青山尽种辛夷树"

08

吴家后山及周边区域可以说是全国规模最大的辛夷树生长区域了。吴家人在数百年间培植出6万余株辛夷树，形成60余处"花海"。这种成就既是自然的选择，也与前人的努力分不开。每年花开时节，来自全国各地的游客纷至沓来……

夹道朱楼一径斜，

王孙初御富平车。

清溪尽种辛夷树，

不及东风桃李花。

——（明）侯方域

辛夷花自古以来就因其飘逸俊美的风姿深受文人雅士的青睐。明末清初著名文人侯方域（侯朝宗）在热烈追求"秦淮八艳"之一的李香君时，曾借用辛夷花盛赞其美貌。这首诗被侯方域题写在扇子上，作为定情信物赠送给了李香君，引出了千古佳话。诗的大致含义是：道路两旁都是朱红色的高楼一字排开，富家公子坐着豪华车子慕名而来。清清溪流边种满芬芳馥郁的辛夷树，终究比不上香君那宛若东风中桃李花开的芳姿。虽然在他看来，清溪边的辛夷花比不上李香君的美，但是能够被"点名"借用，还是说明确实花开正艳，非常美丽。由于辛夷花自带优雅属性，在古代已经成为街道与河流边的观赏植物。

随着时代的发展，街市与河流旁的辛夷花逐渐被杨柳所代替。偶然得见，也多半是在花园苗圃中零零散散。而想要目睹成林的辛夷花的风姿，全中国也只有在吴家后山和药王谷了。据相关记载，江油药材业多以植物药材为主，而辛夷类药材早已经被列入"传统特产""拳头产品"。既然辛夷这样重要，那么，山上的辛夷花的分布情况是怎样的呢？早丰村村民们究竟是如何栽培辛夷的呢？带着这个疑问，我又多次跑到吴家后山，与村民们同吃、同住，希望他们能告诉我答案。

由于早年避难而来，吴家人直接躲进了大山最里面的水竹林，广种辛夷花。据统计，在48平方千米的地理范围、落差近800米的山体上，分布着6万余株辛夷花树。以吴家祖居地水竹林为中心，植株逐渐扩散，呈现出"同心圆"状态。分布地内，共计有60多处大大小小的小型"花海"。在这块区域，森林覆盖率高达98%，可谓"青山尽种辛夷树"。

随着吴家人20世纪50年代逐渐从水竹林迁出，辛夷的分布地发生了变化。尤其是近年来，花庙子广场迅速发展为新的分布中心，并与水竹林并呈"双轴心"模式。如今吴家后山大力发展旅游业，花庙子旁的树越种越多，而水竹林人迹罕至，树的数量没有发生变化，光芒也就被花庙子掩盖了。以花庙子广场为中心，向上、然后从西至东，再向下绕花庙子广场向含增镇方向呈环形延伸。这一区域游客最多，"上镜率"也最高。

目前山上规模比较大的花海为：烂房子花海、水竹林花海、磨盘石花海、春芽坪花海、杉木林花海、唐家湾花海、薛家湾花海、大圆花海、小圆坑花海、韭菜园花海、花庙子花海、大水洞花海、唐家老屋基花海、水槽子花海。

烂房子花海的美景（刘谦摄）

掩映在花海中的民居（刘谦摄）

小圆坑花海，一处知名度不高的观赏地（刘谦摄）

韭菜园花海，因有一座古旧房屋而成为李子柒的视频拍摄地（刘谦摄）

花庙子花海，在阳光的照射下温润美丽（刘谦摄）

水槽子花海，人迹罕至（刘谦摄）

"6000微视觉"创办人刘谦与数百年辛夷树树王合影。此树巨大，需3人才能环抱（刘谦摄）

花海中，以韭菜园花海、花庙子花海与水竹林花海为最美之地。韭菜园花海风景极佳，从花庙子至北川沙窝村，路上最先看到的花海就是韭菜园花海。

花庙子花海即旱丰村7组，处于吴家后山景区的枢纽位置。这里也是中国重要农业文化遗产"四川江油辛夷花传统栽培体系"的标识设立处。

而从花庙子花海往上走半个小时，进入面积最大、花色最齐全的烂房子花海。这里是摄影爱好者最青睐的地方。

上述三个花海，交通较为便捷，外地游客较多。但是对于江油本地人而言，大家还是愿意往深山老林里徒步几公里，去水竹林花海看看老树的花。人们由烂房子花海继续往上走一个半小时的路程，进入水竹林花海。这里海拔比较高，花期最晚，吴家后山最大的辛夷树树王就在这里。进入这个花海的道路全是山间小路，更何况这里的花期极大概率在清明"小长假"之后，那时来的人就更少了。

除此之外，还有大大小小的花海加起来计60多处。由于海拔不同带来的气候差异，各花海开放的时间相差近一个月，这就造成了漫山遍野次第开放的局面。

辛夷树以"花海"的方式，分布在各个山头，呈现同心圆状态。这一局面是如何形成的呢？无外乎人工与自然两种因素。

水竹林花海。水竹林是吴氏宗族的祖居地，现在几乎已经无人居住于此了
（刘谦摄）

　　吴家人自定居水竹林，就自力更生。除了种植常规农作物之外，辛
夷花独特的生长习性吸引了人们的注意，遂开始被大规模种植。水竹林
恰好位于山中的盆地，众山拱卫成"漏斗状"，使得山上饮水"毫无压
力"。由于山体为"喀斯特"构造，多余的雨水基本上渗透进了山体。
在水竹林附近，经常可以看到各种水源地。有些是溶洞，有些是泉眼，有些甚至是直接从土里流出来，可谓到处都是山泉水。雨水逐渐下渗，最后汇入了山下的河流中。处于"漏斗"底部的辛夷树吸收水分能力强，也能适应石灰岩层，不靠人工灌溉即可自由生长。因此，植被就是"大水库"，形成了微循环水系。肥厚的腐殖质层也为树木的生长"添砖加瓦"，扮演了天然化肥的角色。

除自然因素外，人工的作用不容小觑。吴家人定居之后，首先全力种植辛夷树，造成树林高密度、高成熟度的局面。接着，增长的人口开辟新的田地，将树种植在荒山野岭与屋前屋后。花庙子就是由震后搬迁出来的村民重新建设定居点，扩大了种植面积。因此从大范围看，"花海"的分布与移民的迁徙路线密切相关。相比水竹林，花庙子的腐殖层更厚，土壤肥力更好，坡度与海拔也更加合理。这无疑为植被快速生长提供了优质条件。从花庙子至水竹林还有十多公里山路，沿途均为辛夷树，呈带状密集分布。自20世纪50年代成立"大集体"后，整个后山基本无人居住了。不过，由于成熟的树林较多，游客较少，药农们还乐于经常去后山采药，贴补家用。

还有一些"非常规"的方式对辛夷树的生长产生了影响。譬如走兽或鸟类吃了种子后，将其排泄在了山里。久而久之，动物多的地方就慢慢地形成了一小片树林。这样的小树林到处都是，只是相比人工林，分布并不均匀。

自然与人工双重因素，形成了如今"双轴心"内各种花海疏密不一却又有所相连的局面。可以说，这既是自然的选择，也是历史的选择。

辛夷的药用价值

09

辛夷树"全身是宝"。自古以来，人们就对其各个部位的药性进行了研究。如今，吴家人多采其花蕾或果实，可"药食两用"……

俗话说："打铁还需自身硬"。辛夷树能够被人们选中，既有自然地理的优势，亦有不可估量的药用价值，能够为山民带来额外收入。由于农作物的经济价值有限，不能完全满足人们的生活需要，故而需要辛夷树"创收"。那么辛夷究竟有什么魅力，竟让人们为之倾倒呢？

古人很早就知晓辛夷花的药用价值。在唐代，名医孙思邈记载："辛夷味辛，温，无毒。主五脏身体寒热，风头脑痛面皯，温中解肌，利九窍，通鼻塞涕出。主治面肿引齿痛，眩冒，身兀兀如在车船上者，生须发，去白虫。久服下气轻身，明目增年耐老。可作膏药用之，去心及外毛，毛射人肺令人咳。一名辛矧，一名侯桃，一名房木。生汉中川谷，九月采实，暴干。"[1]他认为，辛夷的味道辛却温和，主治寒热、风头脑痛等病症，尤其适合通窍，治疗鼻塞。

明代李时珍在《本草纲目》中也认为辛夷功效独特，着墨颇多：

【气味】辛，温，无毒。（时珍曰）气味俱薄，浮而散，阳也，入手太阴、足阳明经。（之才曰）川芎为之使。恶五石脂，畏菖蒲、蒲黄、黄连、石膏、黄环。

【主治】五脏身体寒热，风头脑痛面皯。久服下气，轻身明目，增年耐老。本经。温中解肌，利九窍，通鼻塞涕出，治面肿引齿痛，眩冒，身兀兀如在车船之上者，生须发，去白虫。别录。通关脉，治头痛憎寒，体噤瘙痒。入面脂，生光泽。鼻渊鼻鼽，鼻窒鼻疮，及痘后鼻疮，并用研末，入麝香少许，葱白蘸入数次，甚良。

【发明】（时珍曰）鼻气通于天。天者头也，肺也。肺开窍于鼻，而阳明胃脉环鼻而上行。脑为元神之府，而鼻为命门之窍，人之中气不足，清阳不升，则头为之倾，九窍为之不利。辛夷之辛温走气而入肺，其体轻浮，能助胃中清阳上行通于天，所以能温中，治头面目鼻九窍之病。轩岐之后，能达此理者，东垣李杲一人而已。[2]

而在现代，经过现代药物学的测定，辛夷果被鉴定为体轻，质脆，气芳香，味辛凉而稍苦。其功效如下：

【性味归经】性温，味辛。归肺经、胃经。

【功效与作用】散风寒、通鼻窍。属解表药下属分类的辛温解表药。

【临床应用】用量3～9克，水煎服；外用适量。用治风寒头痛、鼻塞、鼻渊、鼻流浊涕。

【药理研究】具有麻醉、抗过敏、抗炎、降压、子宫兴奋、抗血小板凝聚、抗微生物、镇痛、改善微循环作用。

【化学成分】含挥发油。油中主要成分为1，8-桉油精等。另含β-蒎烯、1，8-桉叶素、樟脑、望春花素、香橙烯、望春玉兰脂素A等成分。

【使用禁忌】阴虚火旺者慎服。

如今辛夷树一般都是采摘其花蕾或果实，以前者为多。对于一般人而言，所需功能也不似孙思邈、李时珍之辈写的那样复杂多样，仅仅是为了祛风散寒、通鼻窍，辅助治疗鼻炎。从字形上看，"夷"恰似一个背弓之人，上面的"一"恰似鼻部，因此可以"通鼻窍"。人们买来辛夷花蕾，手抓几枚，稍稍洗净之后放入保温杯里，热水冲泡。在数九寒天，鼻窍不通之际，泡上一杯，那清甜滋味简直赛过"保温杯里泡枸杞"。热气上涌，寒气溢出，别提有多舒坦了。还有的人将辛夷果、辛夷花蕾与苍耳同泡，效果更佳。

而笔者在吴绍禄家第一次见到辛夷果时，并不知道怎么食用。也许是看出了我的困惑，他叮嘱我别想太复杂了，直接掰开果皮，水冲洗净后热水冲泡，像喝茶一样趁热喝就行了。我按照他的说法，试了一试。第一口喝下去，"药水"在嘴里"唰唰"打转，味道略苦。等过了一小会儿再喝时，一丝丝回甘袭来，喉咙很舒服。果实的气息也从腹中缓缓

冬天的辛夷花与未采集的花蕾（刘谦摄）

地升上鼻腔，很芬芳的感觉。我想：其实这玩意儿平常当茶喝也不错，既能解渴，也能治病，真是一举两得。

除了冲泡，辛夷花、辛夷果也可以做各种美食。譬如网红菜品"辛夷煮蛋"，就是利用了辛夷果的药性，药食一体，建议连续食用一个星期以上。具体做法为：先取七八枚辛夷果洗净备用。然后，将辛夷果加入茶叶包里面，与鸡蛋一起煮10分钟。因为辛夷花表面有很多小毛毛，如果不加入茶叶包会有很多小毛毛刺激喉咙。最后，将熟鸡蛋皮去掉，放入锅中再煮5分钟后即可食用汤水与鸡蛋。

至于类似李子柒这样的"美食博主"，更是充分发挥了主观能动性，制出辛夷花酱、辛夷花丝娃娃、辛夷花酥、辛夷花鸡蛋饼等新颖可口的食物。不仅吸引眼球，吃上去口感也不错，将辛夷的药食两用特性发挥到了极致。

想象一下，当吴家后山花开之时，游客们坐在花下，点上一份地方辛夷小食，望山见水，有花有云。这种感觉，别提有多惬意了。

小偏方：

① 治鼻渊：辛夷15克，苍耳子7.5克，香白芷30克，薄荷叶1.5克，晒干，为粗末。每服6克，用葱、茶清食后调服。（《济生方》苍耳散）

② 治鼻渊、鼻鼽，鼻疮及痘后鼻疮：辛夷研末，入麝少许，葱白蘸入鼻数次，甚良。（《纲目》）

③ 治鼻尖微赤及鼻中生疮：辛夷碾末，入脑、麝少许。绵裹纳之。（《丹溪心法》）

④ 治鼻内室塞不通，不得喘息：辛夷、川芎各30克，细辛（去苗）8.5克，木通15克。上为细末，每用少许，绵裹塞鼻中，湿则易之。五七日瘥。（《证治准绳》川芎散）

⑤ 治鼻塞不知香臭味：皂角、辛夷、石菖蒲等分。为末，绵裹塞鼻中。（《梅氏验方新编》）

⑥ 治齿牙作痛，或肿或牙龈浮烂：辛夷30克，蛇床子60克，青盐15克。共为末掺之。

注释

[1]　[唐]孙思邈著，《孙思邈医学全书》，山西科学技术出版社，2016.04，第602页。

[2]　[明]李时珍著，《本草纲目　图文珍藏本》，中国医药科技出版社，2016.02，第1538页。

辛夷树的栽种与其花果采摘方法10

辛夷树是高山作物，对气候、水分、光照等要求很高。为了让每一株辛夷"宝宝"都能茁壮成长为参天大树，山民们格外重视栽培方法。每到采摘时节，各家各户还集体出动，将辛苦采摘下来的花蕾与果实妥善处理，严格保存……

辛夷树可以说"浑身是宝",为了让每一株辛夷"宝宝"都能茁壮成长为参天大树,山民们格外重视栽培方法。对栽培时间、水土保持、树种选择与分类、混种制度、护林员选择、技术传承等都需要严格把控。

辛夷为亚热带与暖温带树种。鉴于吴家后山特殊的地理与气候环境,山民们只会选择在海拔800米以上的高度种植。因为经过长期的生产生活实践,他们意识到林峰村恰恰是最佳的地理分界线,所以村子下方很少有辛夷树的倩影,而上方的吴家后山与药王谷则分布着密密麻麻的树木。而且海拔越高,树的密度越大。

辛夷树又名"望春花",这说明它是高山向阳植物。它生长于缓坡,喜欢温暖气候与充足的阳光。种子繁殖是其唯一的繁殖方式。前一年的9月中旬(白露前后),山民会选取优良的种子育种,此为采种程序。

首先他们选择树干高直、树冠庞大、健康无虫害的树作为母本育种对象,这种树多为15-20年生。然后爬上树干,瞄准部分开裂、稍露鲜红色种粒的红色聚合果,手摘装入竹背篼,或者剪下让其掉到地上再捡拾。采摘后的果实被摊开晾干,经过两天的暴晒加速果皮开裂,露出红色的种子。种子并不能直接使用,还需要倒入盆里,与粗砂混合反复揉搓,脱去橙红色肉质皮层。因为种皮含有丰富

西南科技大学在山上建立的
辛夷繁育基地(张池摄)

油脂，山民搓得越干净，种子的出芽率就越高。接着，种子还被倒进装满清水的盆里，手搓去皮，清洗掉杂质、瘪籽。种子晾干后被分层埋在细砂堆里，等待第二年的种植。沙藏期间需要不时地拿铲子翻看，以防止种子沤烂霉变。

种子备好后，就要整地与育种了。三月中上旬的开春时节，山上仍然带有阵阵寒意。待阳光普照，气温会有所上升。赶着春耕的山民在向阳的缓坡上用锄头开出一块块长条形的平地，作为辛夷树苗的苗床。缓坡的土壤有一定要求，必须是土层深厚、排灌良好的沙壤土。苗床上再疏松出宽约20厘米、深约30厘米的苗沟，沟内垫上充分腐熟的农家肥。沟里每隔半米就会放上一颗种子，然后敷上浮土、覆盖杂草或稻草

种苗繁育基地一角（张池摄）

保温。为何要隔半米？其实这跟种稻谷的原理一样：如果靠得太近，既不方便农人管理，连成一片的树冠也影响了阳光照射，树根还会争抢营养。因此，半米的距离不近不远，是最理想的种植距离。

苗床上铺的杂草或稻草的作用很大。一是能够保温，让种子熬过春寒；二是经过缓慢腐化后，会成为树苗生长所需的肥料。大约清明节之后，经历花期忙碌的人们有了闲暇处理树苗。他们看到细苗已经破土出齐，就揭去盖草，以树苗为中心堆成环形。出苗后每隔15天就追施农家肥。出现两片树叶时第一次间苗，摘取未来可能长势不好的弱苗，去弱留强。[1]有三四片叶时，定株距18厘米。除草，施农家肥。农家肥全年需追施5次，来源多为粪肥，有些是猪粪，也有的是人粪，甚至有枯草、草木灰。肥料种类繁多，极易就地取材，成本较低。有机质营养全面，富有氮、磷、钾以及钙、硫等微量元素。这些被土壤和微生物化学物理处理过的元素，将会更好地被吸收。

育苗在苗床里经过两三年时间，成长至1米高度的种苗。这时就要出圃种植，栽植到新的植田，这道程序称为"定植"。植田当背坡向阳、排水良好、疏松肥沃、呈弱酸性。早春与晚秋时节天朗气清，温度适宜，最适合定植。尤其是秋天储存了夏季雨水，栽种效果最好。为了形成规模效率并增强观赏性，辛夷树苗多成片种植。苗床也挖掘较多，坡度较大时则会开辟梯田或鱼鳞坑，促进水土保持。植坑行距约为2米×2米，即167株/667平方米，树坑的宽度为80厘米，深80厘米，底部倒入基肥。山民将辛夷树苗根部的长根须剪去，保留侧根须根，蘸黄泥浆后定植在树坑里，要求根部舒展。现在人们性格较为"佛系"，很多人栽种树苗后稍微修剪，就等辛夷树自然生长了。

除了培养树苗栽植，还可选择嫁接方式育苗。如需嫁接到其他树种，可以首选紫玉兰或者白玉兰。备接树树龄为1～2年生，树性相近，

种苗繁育基地中的小树苗（张池摄）

能够作为承受辛夷接穗的优良砧木。接穗采用已结果的优质辛夷母株上发育充实的一年生枝条，在春、秋两季天气晴朗时采用芽接。此时空气湿度接近饱和，树木生长缓慢，而形成层细胞较为活跃。嫁接时，山民架梯子爬上约五六米高的树干，从枝上剪取一芽，扔到地面上。接穗略带或不带木质部，插到砧木的切口上，手握夹紧后用白色胶布绑扎，促使其愈合为一体。嫁接4天后，检查接穗是否成活。如果接穗皮色嫩绿，表示已经成功；若接穗干枯，则基本上嫁接失败。接穗成功的十余天后，山民要将胶布解下，换上一根细木条作为支柱，促进接穗抵抗风吹，笔直生长。春节嫁接，秋季即可愈合生苗。秋季嫁接，来年春暖花开时生发，非常适宜，成活率高。辛夷接穗嫁接苗约两年后即可开花，而实生苗则要8～10年才会进入盛花期。

种完树苗，可不能躺在床上抽着香烟，幻想着"春天种一棵树，秋天就会收获好多好多树"。虽然相比水稻、茶树等作物，辛夷树会让人少操心些，但并不代表着啥事儿都不干，还是需要一些管理活儿去做。让人最费神的事就是施肥。辛夷树喜肥，即使吴家后山土壤肥力尚可，山民还要追肥。定植后的树苗生长需要大量养分，为缩短缓苗期，应薄肥勤施。栽植的首年需要追肥6～8次。第二年春天起，每隔20天施肥1次，总计追肥5～6次。肥料多采用猪粪、人粪等农家肥。也有的肥料是将农家肥与过磷酸钙挑到野外空地，按照20∶1的比例混合、陈腐堆沤。大约3天后，山民挑着担子取肥。定植首年第一次每株施肥12千克，此后每次取肥10千克，并混加100克碳酸氢铵。除了施肥，还可以用20∶1的尿素配营养液对树冠进行喷雾。秋季采果后，结合中耕除草，施以混合磷、钾的农家肥，补充失去的养分，以壮来年的花蕾。现在由于保护花朵，不再采摘辛夷果和花蕾，施秋肥这一道程序也就省去了。冬季山上严寒，植株容易冻伤，还需要在树根部沤肥20千克。这既是为了来年的花芽分化准备营养，也是希望保护幼小的树根，防止冻伤。经过两年的呵护，幼苗成长至3米高度，这时就可逐渐减少施肥，直至停止。

历经数百年发展，吴家后山的大树比比皆是，最高者可达40多米高、直径3米。因为山上人迹罕至，基本没有倒树伤人的可能性，因此并不需要像河南省南召县辛夷林那样经常整形修剪。不过，在树苗成长期内适当地修建整饬还是很有必要的。外来者在山里如果待的时间长些，细细观察就会发现辛夷树的树形很有特点。树冠呈现疏散分层型与自然开心型，特别具有自然美。定植之初，成长中的幼苗枝条纤细，杂枝颇多，需要修剪以保证树冠内膛通风透气、透光透亮，促进花芽形成。故而定植后第一年冬天将整形修剪，作为定干工序。其目的是控制树冠生长，促生侧枝条，形成三大主枝、三方发展的自然心形的树形。如此，外部枝条迅速扩大树冠，使得树形英俊挺拔，提早结出花蕾。在夏季，修剪以摘心整形为主，让树枝以中、短枝的顶芽形成花蕾，促发更多侧枝花芽。秋冬季树叶掉光，容易发现枯枝、病枝和过密枝，适宜再修剪。老树的多年生侧枝不再开花结果，落叶后的冬季与早春也可修剪让树冠回缩。不过，因老树颇高，加之山里人力缺乏，山民一般不会主动去修剪。每次修剪后，人们多会追肥一次。

采集花蕾和果实是辛夷种植的重头戏。每到采摘时节，全家人都要聚在一起，认真商量如何才能高效地完成工作。一般而言，爬树采摘的危险活由家中成年男子负责，老弱妇孺则帮衬着干些捡捡果子、装装篮子这样的简单活。一株辛夷树一年可以采集3次。1月下旬至2月的第一次采集，将未开放的花蕾连同花梗一起摘下。采下来的花蕾晾干一个月后会呈现黄绿色，带有特殊香气，尝后有着辛凉的味道，此为佳品。干花蕾亩产可达5千克，可以卖给成都的药厂制作药物，收入约合

1200~1500元。采花费时费力，加上随着近年来旅游业的发展，为了保持花开时节壮美的"原生态"风貌，采集花蕾的行为被村民们有意识地禁止了。

三月中旬至四月中旬，有些村民会采少量的辛夷花。待游客到来时将其做成油炸食品，赚些小钱贴补家用。九月至十月则是摘辛夷果的时节。在一百多年以前，辛夷树的树皮与根皮也是制备的药材，名为"姜朴"。姜朴也是药用价值较高的药材，含挥发油、厚朴酚、四氢厚朴酚、异厚朴酚、木兰箭毒碱等成分，具有抗噬菌体作用；体外对肿瘤细胞有抑制作用。人们用镰刀或小刀割去树皮后放到竹篓子里，带回家后晒干。割树皮时不能环割，必须要保持树皮的完整性，故而只能割划小

油炸辛夷花，美味的山里吃法（刘谦摄）

块区域，以保证树冠能得到根部的有机营养。村民拿刀切出一块长约30厘米、宽约20厘米的树皮，然后用手将其剥离树干。剥过皮的树3～5年内不可再剥，让它愈合伤口，休养生息。然而，由于姜朴的收购价格较低，也为了保护树木的完整性，近代以来其产量逐渐减少，完全被经济效益更高的辛夷果和花蕾所代替。如今，山民基本上不再割辛夷树皮卖钱了。

辛夷树不是"钢筋铁骨"，也会遭受袋蛾、刺蛾、木蠹虫、大蓑蛾等病虫害，必须要做到病虫害的防治。春夏之际，护林员会上山一棵树一棵树地细查，清除虫囊，集中销毁。如有幼虫则喷洒敌敌畏、敌百虫等农药防治。根部出现根腐病时，护林员还会用小铲子和锄头挖出腐坏的根部，隔断与健康根部的联系，并用多菌灵等药剂喷洒除菌。保持接触空气，15天后再覆盖浮土，并灌溉生根剂，强化新根成长。

辛苦了一年，最后就要将辛苦采回的花蕾、辛夷果和姜朴加工储存。村民把这些药材先放入盆中快速洗净，除去杂质，然后放到户外平地上晒至半干，接着装运到室内堆放两天，使其"发汗"。最后继续在户外晒至全干，装到麻袋里堆放于通风干燥处。

通过梳理辛夷树的栽培方法，可以看到累活、脏活基本上都集中于辛夷树的初长期与采摘期。日常护理的劳动量并不是很大，仅需较少的人力就可以维持。从植物与人的关系上看，选择栽培辛夷树也是不得已之事。以前山上的生活条件不好，饥饿是常事，而且常年气候湿冷，种植辛夷树这样生存力强的植物，能够减少山里人的劳作，更好地保存体力。较少的投入，较高地产出，辛夷树也就当仁不让地种遍了整个吴家后山。

现在旱丰村村民不再剥树皮、采花蕾，连辛夷果都很少采集。当地人认为：树剥皮伤树，花采蕾伤花。每摘一个果，来年花就少开一朵。

有些人就选择退而求其次之法，在远离观赏区的深山老林里采果。如此一来，既能够获得药材收益，也保护了花期景观的整体风貌。

　　采摘是门技术活，也比较危险。春天天冷，秋天树滑，一旦抓不住树干或者两脚踏空，极易发生事故。我在调查时，村民们还时不时提起曾经发生的伤亡事件。为了保证生命安全，必须在采摘器具上下足功夫，做好防护措施。集镇上没有的器具，只能自己做。自己动手，既能够节省费用，还可以保证质量。一般而言，采摘者会用到竹竿、麻绳、背篓、镰刀、锄头等工具。所有工具里面，竹竿的地位最高，没它不行。可能有读者会问："竹竿到处都有，有什么稀奇的？"还真别说，这竹竿做得还挺讲究的。采摘者会在山林里寻找一指半粗的水竹，仔细观察竹子的长势与纹理。水竹必须笔直生长，竹节数量适中，且不能有虫洞。笔直的竹子适于放置，也有助于采摘者将竹刀对准细小的果实。

农业部人员在山上采访当地农户（刘谦摄）

竹节数量适中，手抓时不易打滑，又不会硌手。没有虫害，竹竿才能保存得更久，亦不会折断。

农户们会先砍一小捆竹竿，接着从中选取长约3.5米的竿子作为摘果竿。接着，他们会用小刀削出10厘米左右的小尖尖，并从中剖成两小半。其中一半被压在重物下一段时间，待压平后削成长梯形状，使其边角锋利易割取果柄。经过加工的小尖尖卡在竹竿尖里，再用细麻绳反复缠绕、绑扎，无论如何都无法松动才行。

中国古代有一种叫作"戈"的格斗兵器，长于勾、啄。做好的竹竿与戈酷似。农户爬上树后，伸出长竹竿，用小尖尖勾住小树枝后再使劲往回拽，辛夷果就被割离树枝。这一伸、一勾、一拽的三招简直与古代戈手的作战动作一模一样。看着村民采摘果实，我的脑海里竟然出现了古代武士搏杀的场景，一瞬间有种时空穿越的感觉。

麻绳也是非常重要的一种工具，采花摘果时必须用到。农户们上树时需要用麻绳将自己的身体绑在树上，保证安全。树枝过远，要做成套马索的样子，将树枝套过来。折断的树枝还可以捆起，背回家里做柴烧。

这里强调的是麻绳，而不是其他的绳子。这又是为什么呢？这里面还是有一些讲究的。麻绳取自各种麻类植物纤维，具有耐磨损、耐雨淋、耐腐蚀、摩擦大的特点，自古以来受到劳动人民的喜爱，用途非常广泛。化纤等现代材料制成的绳子虽然价格更便宜，但是质量明显不如麻绳。化纤绳抗腐蚀、抗氧化的能力差，使用一段时间后表面会变光滑，降低摩擦。采摘辛夷果是一件高度危险的事情，如果绳子打滑，人就容易摔下来。日常存放时，麻绳还不会招虫咬，这也是安全的保证。因此，农户们宁愿多花点小钱买麻绳，也不愿贪便宜买化纤绳或钢丝绳。

采集辛夷花蕾必须用到的麻绳。摩擦系数大，能保护采花人的生命安全（刘谦摄）

　　背篓的作用显而易见，就是装东西。制作材料为竹制，取材方便，背起来轻便。农户上山时在背篓里一股脑地放上工具和餐食，下山后盛满花果。日常生活中，农妇们每天背着背篓，手持镰刀去野地里割猪草的场景也是屡见不鲜。

　　山里不安全，出门必须带镰刀。对于平地人来说，镰刀不过是收割的工具。但是在山里人心里，这也是保命的必备。吴家后山，山高林密，野兽出没，甚至住家附近就有毒蛇猛兽。山里人出门，腰带上别上一把镰刀，心里底气都会长不少。逢灌木杂草，镰刀开路；上坡时一刀砍进地里，可作抓手用；看到野兽毒蛇，还可防身。上辛夷树时，农户可以先用镰刀在树身上砍出一些小口子，把绳子嵌在里面，这样就极大地保障了生命安全。

　　除了上述工具，人们家中还有锄头、铁锹等开辟苗床的耕作工具。而少数农户甚至会置备电锯，进山时带个电锯，办事儿都会方便很多。

　　农业文化遗产无论怎么保护，都要落到造福的实处。群众说好，得了实惠，遗产才会传承下去。群众反对，那遗产的保护方向就肯定出了问题。农业文化遗产是群众千百年来利用自然、改造自然的产物，综观每项农业文化遗产，都具有显而易见又特殊的经济价值。譬如"内蒙古伊金霍洛旗农牧生产系统"，出产优质的农牧业制品；"浙江德清淡水珍珠传统养殖与利用系统"，既出产淡水珍珠，也利用桑地、稻田和池塘形成"粮桑鱼畜"有机生态系统；"安徽黄山太平猴魁茶文化系统"的"太平猴魁"茶叶世界知名，成为带动地方经济发展的强力引擎。总之，让群众充分获利，是农业文化遗产保护的根本。

　　"四川江油辛夷花传统栽培体系"也是如此，自带"创收属性"。辛夷树的树皮、花蕾、花朵和果实皆可采集贩卖。如今山民只

收拾好工具，准备上山采花（刘谦摄）

采摘果实，这却是一项高危活动。由于具体采摘时间的不确定性，一般人想要目睹完整过程，称得上是"机缘巧合"了。对于我而言，平常山上根本就没什么人，想找到熟悉辛夷采摘的行家更是难上加难。我在山上考察，一心想将其完整地记录下来，就不得不对吴绍禄一家子"死缠烂打"。在我的软磨硬泡下，吴绍禄答应了为我展示采摘技巧的请求。

2018年10月2日下午，吴绍禄带着工具来到了他家后面的小树林里，为我示范。对于熟手来说，采辛夷果的操作颇为简单，但不可掉以轻心。

采集者一般为两人，一人采摘，一人在地上捡果。采集者需要准备好镰刀、绳子、竹竿、背篓、梯子等工具。选好大树后，两人合力将梯子架在树上，一人上梯，一人扶梯。上梯者必须缓慢上树，仔细攀爬，以防坠落。当树上的采集者爬到了一定高度后会按照近、中、远的距离，思考采集的方法。对于近距离的树枝，他会手持竹竿，用尖尖勾住树枝，手摘即可。而中距离的树枝，就颇费心思与技巧。首先，采集者将绳子的一端紧紧地系在竹尖与竹竿的接合部，另一端结成长约3米、直径30厘米的绳圈。经过捆扎，恰似游牧民族放牧时手持的"套马索"。结绳之后，如果周围没有杂枝，采集者会一手攥着竹竿，另一手抓着绳索，将竹竿与绳索的接合部套到树枝上。接着，他拖曳着竹竿与绳索，慢慢地将树枝拉过来，方便采果。要是树枝稍远，杂枝较多，他就像牧民一样，手执竹竿，挥舞着绳子，然后将绳套迅速甩出去，套在树枝上后拽牢、锁死。如此，拉过来后就可采果了。当然，拽树枝、甩绳套极容易重心不稳。采集者双脚站立在树杈上，身子与树杈呈梯形，较为稳固，求得安全。当时正是深秋，山上风大，小树枝晃晃悠悠，树叶片片飘落。采的人冷汗淋漓，我看着也是胆战心惊，连连嘱咐他注意安全。

工作人员采访并拍摄农户（刘谦摄）

走在乡间的小路上（刘谦摄）

上树采花，是一项非常危险的工作，手脚灵活的人才能胜任（刘谦摄）

手脚并用，用绳索构建支撑点（刘谦摄）

　　而树枝过远、过高的话，采集者还有两招可用。采远枝相对简单：他会双脚踏在树枝与树干的结合部，在树枝的1米处捆扎。然后，将绳子的另一头扯紧，绑在树干上。如此，树干、树枝与绳索就形成"倒三角"状。捆扎完毕，采集者另取一根绳子捆在树干上，手执一端跨上树枝。这种采摘方法是相当安全的，充分运用了物理学的知识。三角形具有极强的稳定性，只要连接部够牢固，三角形无论如何都不会散架。当人踏在没有经过处理的树枝上，重力会压迫树枝，使人下坠，并容易造成树枝折断。而三角形树枝上的绳索起到固定作用，其反作用力不会让树枝下压，人站在树枝上如履平地。除此之外，手中的另一根绳子也是"保命绳"，人抓住绳子可以直接走到树枝末梢，方便采果或割断树枝。

采高枝方法的技术含量则更高一些。首先，采集者会爬到树枝的顶端，站到几根大树枝的交叉部上。接着他将自己绑在树干上（不绑也可以），站稳后用竹竿勾起树枝，将绳子穿过去。当同一根绳子穿过几根树枝后，他就收紧绳子，使树枝围拢于树干周围。收拢的树枝形似"倒伞状"，成为一个中空的平台。人站在平台上也是非常稳定的，全身的重量被分散到各个树枝上。假设一个人体重60千克，脚踩3根树枝，平均每根树枝承受的重量只有20千克，完全不会被折断。因此无论怎么勾取树枝，身体都不会晃动，很好地提升了采果效率。

可能有读者要问：如果真有一棵树实在太远，没法捆绳子，采不了果怎么办？好办！采集者直接爬到最近的一棵树上，扎出"倒三角"。人踩在上面，手持竹竿，将对面树上的树枝勾过来采果。采集者必须要集中注意力，当竹竿尖尖将树枝勾过来后，把绳子甩过去，扯紧后再手摘。然而，这种操作看起来简单，实际难度不小。关键要选择合适的落脚点，要是踩脚的树枝较小、较软，极易影响安全。不结实的树枝更是让人"底盘"不稳，摇摇晃晃，影响到抓取效果。

另外，如果一棵大树上有两根以上的枝杈正好位于一个方向、相距较近且在大致水平面上，那么采集者就可以整饬出一个平面。他需要将绳子从几根枝杈的下方穿过去，使其尽可能地聚在一起。然后绳子两端交叉穿过树的主干，拉紧后绑在主干上。捆绑后的枝杈也相当于树上的"平台"，人的重量被绳子分散到主干与各个枝杈上，踩在上面如履平

采花人用长竹竿勾取花蕾，掉到地上后由帮手捡拾（刘谦摄）

地，非常稳当。

采果的基本操作大致如此，要点就在于判断枝杈的生长状况，利用与改造树枝，形成稳定的重心与坚实的平台。可以说，非长期训练的身手矫捷之士，无以完成此高难度动作。

吴绍禄采集时，一边小心翼翼地操作，一边不忘向我再三叮嘱安全的重要性："这都是高空操作，非常危险！以前都绊[2]死过人，高处落下去就是个死。我跟你说，一定要抱紧大树，脚要踩稳。爬树要穿胶鞋，不能穿皮鞋晓得不？其他鞋都不行，树太滑了，要打滑。以前生活条件不好，要穿草鞋，但是防滑能力没现在的鞋子好，但没办法。"[3]

春季多雨，采花时脚容易打滑。增加鞋子摩擦力，防止打滑很有必要。而秋季的枝杈经过夏日的暴晒，变得十分脆弱。有些树枝轻轻用力就能掰成两节，露出里面白花花的树芯。因此，采集时必须预先评估树杈的承受力，以防踩上脆枝发生坠落事故。要注重灵活运用绳子，增加安全系数。

采集者多为夫妻、父子或兄弟。树上的人紧张采摘，树下的人也不闲着。他们将背篓放在身旁，弯腰拾捡掉下来的花果，并且时不时地抬头注视着树上的人。有时也可以在树下铺上一块布，用来放花果，快满时就倒进背篓。如果家里有小孩，也能派上大用场。山里娃儿身轻，像猴子一般矫健，非常适合上树。小孩在树下捡拾也特别快，乐呵呵就能捡一大把，还不感到累。如果有人上树下树，还可以稳住梯子搭把手。小孩子的作用实在是不小，因此在他们没课时，家长们还是很乐意叫他们过来搭把手的。

除了辛夷花与辛夷果，山民曾经还割树皮——姜朴。割树皮操作不用上树，比较简单。一个人背着竹篓，腰间别把镰刀就上山。采集者到了辛夷花林后，将背篓放在树边，拿起镰刀开始收割。众所周知，树皮是树木的营养通道，是"血脉"。如果树皮没了，树的养分运输就会受阻，大树也会枯死。采集者深知这一点，他们不会环切，只会割一部分长方形树皮，另一面树皮则保留。这样一来，树的营养通道还是通畅的，过了1年后被割掉的树皮还会长回来。不超过3年，这棵树又可以接着割皮了。

采下来的辛夷花、果与树皮需要及时存储。一般而言，为了保持这些材料的"药性"，当地人不愿做过多的处理。他们只是将一天所得带回家后，铺开散放在家中干燥的地面上。所有的材料都会被仔仔细细地检查一遍，根据虫眼以及色泽、完整度等，判别品相的优劣。劣等的材料将被人工挑拣出来，直接扔掉。

挑拣完毕，优质材料将被装进袋子里，置于屋内阴凉处。天气晴好时，山民们将它们取出来，平摊在院子里晾晒。大约三四天时间，花与果会被晒干。树皮晒制时间稍长些，需要一个星期以上。待药材晒干，就用铡刀将其铡成片状。之后叠放在一起，如同厚厚的一本书，当地人将其称为"万卷书"。整备好的药材将继续装袋储存在阴凉处，只等药贩子上门收购了。

采摘下来的辛夷花蕾（刘谦摄）

注释

[1]　在农作物种子出苗过程中或完全出苗后，采用机械、人工、化学等人为的方法去除多余部分的幼苗的过程，称为间苗。当去除多余部分幼苗后农田中保留的苗数达到要求苗数，以后不再去除多余幼苗，农田中农作物幼苗数量基本稳定，则称之为定苗。

[2]　绊，当地方言，意为"摔"。

[3]　采访人：张池，采访对象：吴绍禄，采访时间：2018年10月3日，采访地点：吴绍禄家后面荒地。

运输与交易模式的变革 11

山民们贩卖药材曾经需要起早贪黑，翻山越岭，十分辛苦。随着时代的变迁，当地药材业经历了"合作化"与"联产承包制"的历史过程。为了脱贫致富，旱丰村开山修路，使药材、山货能够迅速运送下山，换回各种生产、生活物资。江油药市曾经也依靠辛夷、附子等特产药材而繁荣一时……

由于受地理、气候及经济发展程度等因素影响，吴家后山至今基本上仍延续着数百年来的药材生产方式。然而，不是所有程序都一成不变，运输与交易已因时代的变迁发生了重大的变革。中华人民共和国成立前、中华人民共和国成立后、改革开放初期和现在，四个阶段的售卖方式可谓"云泥之别"，烙上了深深的时代烙印。它既体现了前人们生活的辛酸，也反映了如今吴家人如何脱贫致富、走上幸福路的美好生活。

中华人民共和国成立前，吴家人聚居于水竹林。周围山高林密，为隐居的人们提供了掩护，却造成了交通的极其不便。为了销售辛夷药材，当地人必须提前数天做好准备。分类、装好、捆绑打包，并约定每个搬运人的责任，防止遗失。据亲历者回忆，在大康镇至林峰村的道路之间，有一片茂密的树林。树林中曾有一条羊肠小道，却是水竹林通往大康镇的捷径。出发当天的凌晨三点，少则十余名、多则数十名汉子背扛数十斤、上百斤的药材，集合出发。一路上，山高林密，鸟啼虎啸，阴气森森。汉子们一手抓着背带，一手举着火把，谈笑着行走在无尽的黑暗中。大约行走五六个小时，人们才抵达大康镇。稍事休整，垫垫肚子后，山里人将药材一排排地摆放在地上，等待药贩子收购。快日落时，汉子们就要收拾行囊，清点好一天的收入，收摊回家了。

吴家后山的原始森林，吸引了不少游客前来探险（刘谦摄）

蜿蜒的小路（张池摄）

时光一去不复返，下山买卖的场景现在只存在于老一辈人的记忆中。譬如吴绍旗谈起往事就满是感慨："记不得咯，讲不起咯！对我来说太久远咯！以前人从早晨的三四点钟出发，要把药材背下来到大康镇那出售。你的生活物资要从那买了后背上山，不然山上穷山恶水的，种那点地你吃啥子？卖了后晚上十点钟才回到家。我长大那时候大家都住前山了，条件比水竹林好了点，交通也近了些。有的人还搬到了山下，那就更近了。"

"我小时候没下山卖过东西，都等到读了高中以后才有机会。当时我还在山下读书，十七八岁的，有次扛了55斤大米上山。哎呀，夏天那个热的我……才走了一半的路，我的心情就变得特别复杂。在小路上走得实在受不了了，无数次想把它丢了。但是呢，这个是给别人扛的，绝对不能丢。你想想，夏天那个太阳，那个热啊。对于当时人来讲，却是一年要走很多次。酷暑严寒，都是家常便饭。大家天不怕，地不怕，上山下山，只为贴补家用。那一路上我老是看到蛇，都心惊胆战的。当然对于山里人来说，毒蛇猛兽还是能够克服的，最大的困难就是太阳和体力。当时那些成年人扛几十、上百斤，也有的背着背篓。黑灯瞎火地就打着火把，走路都要十几个小时，下山四五个小时，上山六七个小时，累得有多恼火！以前大家住山里，都穷，买不起马，只能自己背下来。"[1]

　　近百年来，销售辛夷花是辛夷药材行业的核心业务。当地人九月份开始采摘，采摘时间近4个月。也就是说，在严寒到来之前，人们需要经常下山售卖药材。冬季来临后，山上变得奇冷无比。很多时候大雪封山、路面结冰，人们很难下山。故而必须在秋季将山货与药材全部卖出去，换取冬季必需品。秋高气爽时节，行在山路上，山歌此起彼伏，人们心情还是很愉悦的。

　　几百年来，吴家后山的村民们传承着粗放型的生产方式。不过，这个偏僻的小村落还是随着国家的发展变化着。"雄鸡一唱天下白"。解放初期，吴家后山区域迅速建立了旱丰村人民基层组织，打土豪、分田地等运动轰轰烈烈开展起来。1952年，吴家人筹划选择地势平坦、交通便利的区域作为新的定居点。1955年，全村人基本搬离水竹林祖居地，分散定居于山上与山下，形成近10个组。俗话说："故土难离"。虽然山上条件艰苦，但是定居的人占据多数，辛夷花林也继续得到照料。

　　搬迁完毕，村子陆续成立了合作社（组），药材产业都由各合作社统一运营。各社成员按照传统方式采集药材，当晚就送至合作社的收购点，由专人结算工分。

冬雪为辛夷树披上了雪白的外衣，使吴家后山增添了雄壮之美（刘谦摄）

　　吴家后山山势崎岖、土地贫瘠，药材业仍是合作社的重点产业。收获季的晚上，各收购点灯火通明，挤满了采药归来的人。据村主任吴绍旗回忆：因为盘根错节的宗族关系，山外云谲波诡的气氛并没有过多地影响人们之间的友谊。村民们心态乐观向上，心情愉悦。大家互帮互助，销售一直很顺利。由于药材种类丰富、产量大，加之合作社调度有方，村民在计划经济时代里收入竟十分可观，生活水平也比其他村的农民高。大集体负责统一采摘，统一烘干，统一贩卖。以辛夷花为例，一名壮年男子每天可采湿花蕾七八十斤，晒干后约为二十多斤。当某一类药材积攒到上万斤，社员们就根据天气情况统一下山贩卖。春、秋两季，每个月都能攒出上万斤的存货量，故而每个月都下山，每次贩卖有时能持续好几天。频繁的买卖交换，还是能够保证村民的生计。吴绍旗坦言："当时我们采药材采得多，所以经济收入相当好！计划经济时代山上从不缺粮，我们都希望多做点。山上不出大米，就去山下换。山上种有玉米土豆，过年还能吃上肉。改革开放初期，家家都养猪养鸡，所以我们的生活比其他地方还是好的。"[2]确实，到了20世纪70年代，山下的农民务农一天的工分才1角多，而辛夷干花一斤却能卖1元5角以上。如果一个壮汉一次运100斤，一天收入就接近200块钱，这就相当于山下农民一家人一年的全部收入。换来的钱、物资经过合作社的分配，每家所获都很均衡。真正做到了"使老有所终，壮有所用，幼有所长，鳏寡孤独废疾者皆有所养"。

除了辛夷产品，其他药材也收入不菲。吴绍旗说："反正一年的集体收入主要靠药材。换点生活用品、油盐米醋。辛夷花100斤能换150块钱，天麻可就不一定了！以前值钱的药材，像天麻就能卖10多块钱一斤，100斤下山能换1000多块钱，收入还可以吧？不过呢，天麻产量不高。在我记事时，仅经过合作社对药材收入的分配，一个劳力一天的工分能换1块多钱。你想想，改革开放后工匠出去帮人干活做一天才1块多，而以前我在大集体时代就能有1块多，那是多大的保障！但是，大家做药材业辛苦，确实上山下山背得辛苦。"[3]

除却刮风下雨等恶劣天气，每天都会有人下山。天气晴好时，山间小路人流不绝，周围的山上满是砍柴人。大家身着朴素，脚穿解放鞋，呼叫着、欢唱着。整个山谷都是人声，可成一景。

20世纪80年代，包产到户政策使每家每户都分到了田地，辛夷花地也被划分到户。村民们的生活逐渐向好，慢慢地村民养的马就多了起来。马既是农耕工具，也是运输工具。马路有两条：一条从花庙子出发，走到沙窝村，再沿河而下到大康镇与江油县。另一条还是走原来的小路，直达大康镇。自从有了马，村民的生活又上了一个台阶。一匹马一次可以驮100多公斤的货物，一个来回就是200多公斤。人在旁边赶马，比以前肩挑背扛轻松得多。在那个时候，还有小部分人买了单车，也可充当运输工具。

1998年，这是一个值得纪念的年份。时任大队长的吴绍旗意识到仅靠马驮并不能满足村民的生活需要，落后的交通状况必须得到改善。于是他与村委会四处筹集筑路经费，想尽办法积攒了20多万元人民币。这在当时已是一笔"巨款"。全村老老少少齐上阵，顶着烈日暴雨，肩挑沙土，手执钢钎，你锤我敲。历经3年寒暑，终于修成了一条从花庙子通往沙窝村的渣土路。道路修通之后，大家很快舍弃了马匹，纷纷开起了摩托车或拖拉机，成为"有车一族"。药材的运输更加便捷了。

2007年至2013年，旱丰村村委会又募资修建花庙子至佛爷洞的水泥路。这次终于不用村民上阵了，改为聘请施工队。施工队采用现代化方式，在悬崖峭壁上开山筑路。建成后的公路将花庙子与大康镇连成一线，成为两地间的最短距离。紧接着，花庙子至含增镇的柏油公路建成。自此，吴家后山形成了3条交通线路。药材、山货能够被迅速地运送下山，而山下的生产、生活用品与家用电器等物资也源源不断地进入村民家中，极大地改善了人们的生活。人们打着火把、栉风沐雨穿梭在树林小路里运输药材的场景一去不返，取而代之的是药材加工者们开着小卡车上门收购。改革开放的40年，旱丰村已发生了翻天覆地的变化。这一切，都让村民们感叹不已。

2013年时通往花庙子的山路路面崎岖，可谓"晴天一路灰，雨天一地泥"（刘谦摄）

曾经的烂泥巴路，已经变成了平坦的水泥路（张池摄）

在计划经济时代，药材行业的交易模式较为简单，完全由合作社对接，山下收购点负责销售。国有体制下的"大政府"管理方式使早丰村的辛夷药材不愁销路，旱涝保收。而在非计划经济时代，尤其是中华人民共和国成立前，药材究竟是如何销往全国各地的呢？江油是四川地区知名的"药市"，也位居"四大药市"之首。"管中窥豹，时见一斑。"深入挖掘辛夷药材销售路径，能够在一定程度上还原江油曾经繁荣的药材交易模式，为后人留下一些对过去的想象。

众所周知，江油药市最著名的药材当数附子，自古就形成了以附子销售为主、其他药材为辅的药市。大大小小药市之中，当数"中坝药市"最为兴旺。中坝，即今江油市府所在地，历来为工商云集之埠、人文荟萃之地。属四川四大"名镇"之一，是川西北的重镇，素有"小成都"之美称。其原名双流场，涪江、昌明河从东西两侧流过，又因其形如船，两面临水，因此更名为"中坝"。中坝交通状况极佳，可退可守。1935年红军长征时就选择从此处经过，并建立中坝镇苏维埃政府。

清代中期至民国，中坝地区逐渐形成了"三大药场"，即中坝场、三合场与太平场。三场犬牙交错，紧密相连。在以"鱼市口"以西、大桥[4]以东构成的核心区域里，药栈、骡马市、邮局、钱庄、饭馆、茶庄、鲜鱼市等鳞次栉比。货物应有尽有，街上人来人往。据统计：中华人民共和国成立前仅药市街[5]这一条小街巷就有药店46家；其他如销售兽皮、兽骨等动物药材的皮房街和专销附子、蓝靛与竹子的附市街等街市均拥有数十家以上药铺。宽宽窄窄的街道、大大小小的店铺构成了一张致密的购销网络，满足了南来北往客商的各种需求。

由于江油药材市场网络高度发达，辛夷药材也得以迅速地汇聚于此，并分散至各个药铺。药铺制药设备齐全，药缸、药灶、烘炕、附折蒸笼等应有尽有，使辛夷花、辛夷果、厚朴以及其他药材能够完成浸泡、清洗、水煮、蒸熏、干燥等工艺。上好的木材、杠炭、胆巴、精盐等优质辅助制作材料也从不缺乏。

辛夷药材的制作工艺较为简单。花季之后，气温逐渐升高，伙计将旱丰村村民（大康村村民）送来的花朵清洗干净，摊开放于竹匾里晒干。夏季雨水较多，还得注意及时收捡，以防雨水淋湿，功亏一篑。秋、冬两季气温走低，辛夷花蕾清洗后需及时送至烘干房，生火干燥处理。收购来的厚朴由伙计集中后，用铡刀将其铡成手掌大小的碎片，然后倒入水盆里清洗，并再次晒干或烘干。

如果时间能够倒流，我们走进中坝药市可以看到街上一派繁忙景象。抬头一望，各家药铺的门楣上挂着"堂号"匾额。这些匾额多取吉

村民们收割回来的厚朴，是一味中药（刘谦摄）

祥如意、高尚品德或商业昌盛之意，譬如同兴昌、祥顺堂、永兴昌、成德堂、长春药室等。店铺之中，又以同兴昌、祥顺昌、永兴昌实力最为雄厚。一些药铺还在周边地区的平武、北川、青川三县县城及主要乡镇开设分号，主营"水药"。也有分号开到了绵阳、梓潼、剑阁、安县等地。这样一来，川西地区形成了以中坝为中心的高度发达的药材经销网络。除了定点销售，非定点销售处也遍及全国。药商们与目标地药铺建立了代销关系，短线合作商可在离江油较近的赵镇、灌县、重庆、成都等地选择；长线合作商覆盖武汉、西安、广州、天津、上海等大城市。

药商密切关注市场行情，以密码电报与行业"黑话"相结合的方式销售辛夷药材。而这些行业"秘密"曾被严格保密，绝不外传。譬如"天热"就是行情看涨，江油方面应增加辛夷产量与投放；"天晴"暗示市场平稳，要保持供应；"天阴"则是售价下跌，宜减少供应。总之，在致密的药材经销网络中，辛夷药材的销售进退有序，极好地维护农户、加工药商、经销商的利益，稳定了市场价格。

因地理因素的限制，辛夷药材的运输采用了航运与马帮驮运两种方式。航运方面，伙计们将干花、干果、厚朴等药材用麻袋装好，与其他药材堆放于中坝码头的大小木船上。药店伙计负责押运，船夫撑船顺水而下，经绵州（阳）、潼川、遂宁、合川直达重庆，并在此沿长江分销全国。陆路方面，自古就有江油至成都的驮运步道，民国时政府与富商将其扩为土马路，汽车、马车甚至人力黄包车络绎不绝。他们由山区到中坝药市，或由平原会聚，形成强大的售卖药材的人流。

尤其是传统节日庙会与物资交流大会期间，药商更是摩肩接踵。这是江油、彰明两县民众自发形成的"赶场"活动。庙会以中坝所在的"花会""药王会"以及青莲场的"文昌会"最为著名。"花会"与

辛夷果特写（刘谦摄）

"文昌会"时，药贩子纷纷提前到寺庙门口占据有利位置，摆好摊子，放上各类药材，等待前来上香拜神的善男信女。人流量逐渐提升后，药商们手持各类药材，大声吆喝吸引香客购买。而农历四月二十八日，是中坝的"药王会"，也是药商们的"狂欢"。天还没亮，商人们就沿街摆放了辛夷、附子及各类药材。两县税捐处的药材专税征收人员也会早早地赶到药市，选取规模最大的药商，以"验秤"的方式象征性地宣告一年一度的药材交易活动开始。

交易时，买卖活动均由药材经纪人撮合，收取成交价的3%作为中介费。辛夷药材的经纪人虽由精通市场行情的私人组成，但是需要税务部门认可才能入行。入行前，经纪人需宴请政府人士、药材商会与资深经纪人，得到三方许可后才可"吃这口饭"。中坝药市的经纪人是终身制，最多只允许45人从事此业，去世一名方可增补一名。他们靠头脑吃饭，辛夷的种植、收获、贩卖、运输以及销售网络中的每个细节都了然于胸。如此才能保证买卖双方的信息对称，交易过程及结果让双方满意。吴家后山地处偏远，村民下山后除了熟识的药铺就没有其他的销售渠道。有了这些经纪人的撮合，村民也能找到出价最高的药商，卖出好价钱。此外，一旦市场价格不稳或者出现恶性竞争，经纪人也会出面调和，使药材价格平稳。这也是对村民利益的保护。

药铺里的"门门道道"也很多，值得一说。店铺以经营"水药"为主，即开药方后零售药材。多为产销结合，采用"前店后厂"模式。从业者既加工药材，也现场销售。如果客户需要，店家还可以委托销售商代运，或者安排伙计亲自运送。药铺老板和伙计们知道吴家后山盛产优质辛夷，故而对上门送药材的吴家人接待备至。老板或掌柜一看到背着竹篓、包袱的山里人，马上出门帮忙卸下行李，亲自应酬。不需要老板叮嘱，学徒都会主动呈上热乎乎的洗脸水，递烟点火，摆上大盖碗茶。稍加寒暄后，老板与吴家人商谈收购价格，谈妥后由学徒收至仓库。如果药材数量较大、价格谈不拢，就需要经纪人出面协调。

随着药材市场的发展，中介经纪人（行栈）逐渐垄断了药材贸易，却将药农与药商隔离。民国时期，药材交易已经全由中介人介绍，卖方不得直接与买方药商交易。药农们到了中坝后，会集中于一处，等待中介上门询价。之后中介再与药商议价，了解了买卖双方的出价底线后，中介或者直接收购自卖再转售，或者将药农领至药商处现场交易。中介本为熟悉市场规则的服务商，结果摇身一变成了买办阶级，对交易起着决定性作用。

江油的药铺老板们深谙全国药材行情的"门门道道"。为了"抱团取暖"，他们组成了松散的行业组织——"川药行帮"。行帮统一内部定价，擅长低买高卖，转手利润可超过20%。有些季节性强的药材，如厚朴之类，他们会在产期大量低价购入存储，次年价格上涨时卖出，以博取最大利润。我曾计算过民国时期厚朴的销售利润：假设吴家人收割辛夷树皮加工成厚朴后，药商以每担40元买进。第二年运至成都可卖100元，除去人力挑运费10元，还净赚50元。如果运至汉口或广州，可卖200元以上。要是遇上战乱、饥荒或天灾，江油的药材就是抢手货，

天麻已成为继辛夷后的第二大药材（刘谦摄）

药商可以随意定价，一本万利。

在长期的经营生涯里，药商们积累了大量的经营知识，并将其凝结为一句句口头禅。譬如"久贵必有一贱，久贱必有一贵"，说明药价长期太贵，离暴跌的时候必定不远，反之亦然。"逢贵莫赶，逢贱莫懒"——某种药材售价贵，不要追加投入；如果价格便宜，也不要松懈，积极备货。"价高招远客"——药材价格上涨，很远地方的药商都会运货来补市。"货买地头，价卖码头"——买药材的人要到江油这样的原产地来买，应季时价格会很便宜，需赶紧分销到各地。曾经此类顺口溜、口头禅流传于江油各大药市，是药商们经营经验的总结。有人想要从事药材销售，必须深谙其中的口诀与门道，否则就会像无头苍蝇一般乱撞。而这些行业内部知识并不是你想学就能学到的，只能从学徒阶段慢慢摸索，经过数年磨炼，才能成长为一名合格的药商。

买方、中介与卖方三方体系本为保证势力均衡与利益最大化，以辛勤劳动实现"共同富裕"。事实上，政局却是最为重要的变量，对三方影响深远。清晚期、民国时期，中国时局混乱。全国范围内的药材业常出现萧条景象，连带波及中坝药市，致使货物积压，增加了资本的运转成本。而在当地，政府腐败，管理失衡，繁荣的药市自然吸引了官府注意。药市初成时，交易活跃，江油、彰明两县县衙就在此合设药材专税征收机构，获益颇丰。近代以来，地方官府为了加强封建统治，经常征收高额捐税，残酷剥削药农与药商，同时放任地方药市野蛮发展。一些中介、药铺与官府沆瀣一气，或蜕变成"地头蛇"恶霸，或囤积居奇，欺行霸市。还有的药农和药商为攫取高额利润，偷工减料、以假乱真、以次充好，却无法治罪，损害了江油辛夷花的声誉。腐败官府的存在使得不少药农与药商趋于破产，以致民国后期中坝药市逐渐凋敝，缺医少药的情况愈发严重。药农辛苦收获药材，赶集时却受到中介与药铺的欺压，并被官府课以重税。因此即使吴家后山药材资源丰富，也不能满足山里人的生活需要。一旦遭遇天灾人祸、瘟疫横行、药市动荡，人们就只能饿死或外逃他乡。所以，坐拥丰富药材资源与成熟市场，药农却只能深陷贫困。

注释

[1] 采访人：张池，采访对象：吴绍旗，采访时间：2018年9月9日上午，采访地点：江油市菲尔德茶餐厅。

[2] 采访人：张池，采访对象：吴绍旗，采访时间：2018年9月9日上午，采访地点：江油市菲尔德茶餐厅。

[3] 采访人：张池，采访对象：吴绍旗，采访时间：2018年9月9日上午，采访地点：江油市菲尔德茶餐厅。

[4] 今江油市昌明桥。

[5] 今江油市胜利上街。

Agricultural
Heritage

辛夷药材的营销与发展状况 12

吴家后山药材丰富多样，然而早期的药农辛辛苦苦一辈子，却收获甚少。幸运的是，中华人民共和国的成立完全改变了辛夷药材的营销环境和方式，使辛夷药材业进入了新的发展期……

很早时，尽管江油药市的药材资源丰富、市场营销机制成熟，却因落后的社会制度制约了市场发展，伤害了药农的利益。官税、战乱、黑心中介与药商，极大地压榨了药农的利润。海外药品大举进军内地市场，也导致江油药材大量积压，药贱伤农。吴家后山药材丰富多样，可药农辛辛苦苦一辈子，结果还是饥寒交迫。到了20世纪40年代，整个江油药市都已经处于风雨飘摇之中。这种结构性矛盾，除非整个社会发生大变革，否则不会出现任何改观。

"雄鸡一唱天下白"。幸运的是，中华人民共和国的成立完全改变清洗了这一污浊的环境。

20世纪50年代，国家逐步实施工商业社会主义改造，推行"公私合营"政策。1955年下半年，彰明县7家私营药坊首先提出进行公私合营，希望接受社会主义改造。1956年3月，县联社与药材行业同行共同核定，造表报批，各药坊资产作为股权投资，领取定额利息。1958年后，全中坝地区150余户山货药材铺完成公私合营改造，一些商户还成立了"公私合营中坝山货药材土产供销组"。从此，江油地区传统药坊与中介不复存在，由国家与集体直接调控采购、加工以及销售等各环节。辛夷药材的产销环节也由药材供销社统一运作。1962年，江油县医药公司成立。吴家后山的药材运到大康、中坝后，交由供销社收购。接着，供销社将药材集中于中坝文化巷院内的仓库，待销售任务明确后，再由批发推销员雇用马帮脚夫运至平武、青川、成都、重庆等地销售。

随着公有制度的全面建立以及彰明、江油两县的合并，新成立的江油县医药专业机构宏观调控县域内药材业，并完善了基层供销社的微观运营。双方相互配合，指导农民栽种、采收药材，促进野生药材的粗放管理转换为人工化、规模化种植。在这个时期，吴家后山建立了基层党组织，村民们也陆陆续续搬离了祖居地。对他们来说，更平坦的地形、更适宜的气候、更优质的土壤无疑更加适宜多样化种植。县里的药材管理部门上山指导，帮助农民实现科学化、规范化种植。也就是在此时，吴家后山的辛夷树林规模日益扩大，形成了目前人们所看到的漫山遍野的壮阔景观。天麻、水竹等植物的大量人工栽培，极大地优化了药材生产体系。同时，供销社在区、乡、村开展的高效的药材收购活动，使得吴家后山的药材资源得到有效开发，适销对路。

中华人民共和国成立后国家政局逐渐稳定，各地经济有所恢复，大力推广药材生产多样化。河南、陕西、云南等地也引种、试种辛夷花，结果时常出现全国范围内药材产量过剩，滞销严重的情况。保证药农的

当地政府对药材产业综合检查，严格保证各类药材的质量（刘谦摄）

切身利益是第一要务，主管部门需要根据市场规律，及时预判与调控药材产量。重点保证辛夷、附子、天麻等拳头产品生产，稳定核心产区，监控非核心产区，实现产销平衡。为了贯彻落实这一政策，1977年、1978年，江油县卫生局组织实施了县域中草药资源普查，统计本地共有406个中草药品种，确证中草药资源最为集中、品种丰富的地域当数吴家后山、藏王寨等地，将这两地确定为核心产区。在药材资源开发上，积极举办收购样品展示，奖励药农粮食、化肥，每逢收购时节公示收购标准、价格等。

吴家药农少了传统中介的制约，直接与供销社接洽，看得见真实价格，生产积极性更加高涨。计划经济时代，吴家后山上卖药、卖山货、运物资等的人流络绎不绝，一派热闹。这样的场景无疑有药材公有供销社的一份功劳。

为了促进辛夷、附子以及猪鬃、牛皮等土特产对外销售，20世纪50年代末、60年代初，绵阳地区成立外贸局，江油县（今江油市）供销社也设立外贸组、外贸站。当时江油县对外贸易经营品种，被划分为畜牧产品、土特产、茶叶、粮油食品、工业品五大类。其中，辛夷相关药材被划入土特产类。为了保持内、外贸产品的市场竞争力，农技部门一方面不遗余力地普及天麻、百合、附子、茯苓等药材的新栽培、新加工技术，并使旱丰村村民掌握了辛夷树嫁接技术；另一方面在辛夷种子、种苗培育等领域协助优选优育，积极为旱丰村公社组织选育其他作物，实现作物多样化，摆脱纯粹靠辛夷吃饭的局面。除此之外，在资金、器具等方面加以扶持，改善山上落后的生产工具与生产方式。自1971年起，每年上级部门都为辛夷产业拨发生产扶持费，扶持专业辛夷树林药材场与药材基地，用于辛夷树林的发展。1973年至1979年，县里共拨款29555元，重点扶持辛夷花、黄柏、厚朴、天麻、乌药等药材的生产。

为了进一步提升药材产量，有关部门还为旱丰村拨付了数量可观的药材生产专用肥料，按药材品种交售肥料数量，给予补助。

江油地区仅存的药店、行栈接受公私合营后组成了"公私合营中坝国药商店"，计有职工23人。1962年后又改制为"中坝国药合作店"，负责一部分本地、外地的辛夷花销售。合作店偏重批发零售，是供销社的补充部分。

尽管建国后江油地区的辛夷药材产业有了长足进步，却还是受到社会因素的影响。自20世纪50年代末，全国范围都因"大跃进"思潮的影响，掀起了盲目种植药材的热潮。江油的药材产量猛增，大量积压。之后数年，县里的中药生产陷入了反复冒进、反复调整的"怪圈"。此后，四川省又过分追求药材种植面积，规定各县必须在短期内栽种100～300余种药材。盲目的生产致使药材严重积压，只能在仓库里腐烂。辛夷药材也是如此，各地产量过剩。旱丰村生产的药材运下山后无法转化为收益，村民只能任树木在野外自生自灭，回归传统农业为生。

改革开放后，国家大力推动"拨乱反正"。按照中央工作会议提出的"调整、改革、整顿、提高"的方针，四川省总结经验教训，认识到必须摆脱忽视群众生产积极性、忽视市场规律的弊病。因此，药管部门遵循"按需生产"与"按经济规律办事"的原则，高度重视药材生产专业场队与木本药材生产基地的培育，极力稳定与发展辛夷药材生产。同时积极与绵阳、成都、重庆等地药业公司牵线搭桥，提高辛夷药材的商品率。截止到1979年，江油县已经建立健全各类药材生产专业场（队、组）、木本药材生产基地50余个。江油药材行业走上正轨，辛夷药材产量亦继续稳定增长，为旱丰村村民脱贫致富起到了不可估量的作用。吴家后山辛夷药材生产基地按照部门指导，以"以短养长、长短结合"方法，既抓生产期短、收益快的天麻、桔梗等药种生产，也注重生产周期长、收益较慢的辛夷花（果）、厚朴、黄柏、杜仲等药材基地的建设，合理地实现生产效益的差异化，保证了农民一年四季都有药材可售。随着地方经济的好转，医药部门还曾组织药农赴省内及河南、陕西、湖北等地学习种植、嫁接技术，以期对本地药材管理技术加以改进。依靠主管单位的扶持，1973年起，天麻种植逐渐发展成吴家后山的第二大药材产业。1980年，旱丰村村民代表还参加了江油县天麻人工培植现场经验交流会，介绍了在高寒山区成功种植天麻、利用天麻的宝贵经验。天麻与辛夷花一样，成为吴家后山人生活中不可或缺的致富之宝。

20世纪80年代，为彻底解决辛夷、附子、天麻等药材的产销矛盾，江油县人民政府批准了《关于开展粗线条农业区划的报告》。《报告》要求对本县的中药材发展必须有结合实际的生产发展区域规划。为此，江油县医药局于1982年、1983年推出了《江油县中药材区域规划报告》，制订详细的中药材发展计划。《报告》最重要的成果就是按照本地药材产业发展实际，划分了单一门类的核心种植区域。这种划分方式类似后来的"地理标志产品"，保证了原材料、种植技艺与加工工艺等因素的本真性，无疑是划时代的进步。而吴家后山被确定为重点发展辛夷药材的唯一产地。事实证明，当时的决策是明智的。核心区域被确定后，扶持力度加大，扶持精度大为提高。这既避免了"大水漫灌"式的粗放、分散发展，也促进市场培育，提升了核心竞争力。

划定专属核心产区之后，就要促进生产与销售了。江油辛夷保质保量，名气逐渐增加，农民们不再愁销路，尤其是附子产业的发展更为迅速。2006年03月23日，"江油附子"成功入选"国家地理标志产品"保护体系。有如此成绩，还是精准发展的政策好。县医药部门与基层供销社相互配合，继续加强对辛夷药材的采集工作，积极在大康镇开展收购，保证适销对路。到了1985年，全县中药材销售额已达260.9万元，中成药销售71万元，分别比1959年增长47.2%、59.3%。可以说，旱丰村的脱贫致富很大程度上依赖政府强力的销售体系。

改革开放之初，旱丰村已经完成了药材产业布局，实现了差异化、规模化种植。随着国民社会经济快速发展，凭借辛夷、天麻等优势药材资源，村子在短时间内改变了落后面貌，走上了致富的道路。不过，如此成绩并不能仅依靠自身单方面的努力，江油市政府的全力保障也是必要条件。为了做大做强辛夷产业，当地各部门群策群力，做了很多有意义的事。

首先是推动林业生态工程的建设。江油位于青藏高原与四川盆地的过渡地带，地形地貌多样，森林资源丰富。吴家后山的植物品种尤为丰富、密度大。如果保护不当，很容易引发山火、泥石流等自然灾害以及病虫害。这可不是危言耸听，而是实实在在发生过的事。

记得第一次到吴家后山时，我选择沙窝村道步行下山。接近林峰村口时，道路右边视野开阔，可见对面山上一片郁郁葱葱。让我感到惊讶的是，整座大山的树林整整齐齐。树木颜色、树种、栽种密度完全一致，连高度都是一样，好似被一个理发师剪了"小平头"。后来和吴绍禄的儿子吴于顺交谈才得知，前几年不知是人为还是雷电，引发了山火。受损面积之大，可以说已完全覆盖了几座山的树林。大量的辛夷树、天麻苗、玉米秆等作物被烧，现场只留下厚厚的余烬。为防止暴雨引发山洪、泥石流，造成二次破坏，林业部门紧急调用飞机播种。人们经过了充分考虑，选择成长较快、根系发达、能适应当地气候的黄柏进行飞机播种。经过一段时间的成长，黄柏树林就长成了整齐划一的"小平头"，并发展为当地新的药材经济作物。

所幸这只是偶然事件。当地林业部门其实在日常山林管护方面默默地做了大量工作，维护了山林生态与群众安全。首先，他们为了防止山

中药黄柏（刘谦摄）

体滑坡与水土流失，积极推进植树造林。截止到2009年，全县完成人工造林986公顷，封山育林1158公顷。其中公益林533公顷，育苗面积380亩，苗木产量680万株，零星植树229万标准株。现有林业用地面积216.8万亩，森林覆盖率已达47.8%。因森林覆盖率的提升，当年各类大宗林产品产量也较为可观：棕片153吨，核桃1590吨，板栗600吨，油桐子180吨，竹笋干170吨。木材采伐量5.64万立方米，竹材49万根。吴家后山被政府视为林业可持续性发展的重点基地，严禁乱砍滥伐，发展多样化林业。经过较长时间的休养生息，如今山上树林郁郁葱葱，植物种类多样，群众的森林保护意识大为提高。

　　其次是完善水利基础设施。水电部门也在为民谋利，工作人员长期在山上建设水利设施。他们既安装管线，解决居住地较为分散的各小组饮水与灌溉问题；也对水利设施除险加固，摸清暗河与地下水的水文状况。吴家后山主体为喀斯特地形地貌，表土层浅薄，内部多为石灰质岩层。岩层蓄水量只能用"尚可"形容。然而我在吴家后山上时，从未有缺水之感。每条水泥路旁边有一根水管，连接了各小组。花庙子等大聚居地也在院落附近修筑了蓄水池，山上的泉水直接通过水管流到蓄水池里储存起来，方便进入各家各户。绝大多数人家也有小型蓄水池，保证日常用水。从此，山民们告别了肩挑背驮取泉水的历史。吴家后山是高寒山区，冬季低温期持续时间长，冰冻、少雨等自然现象容易导致水源短缺。这时蓄水池的效用就能很好地发挥，金光洞区域的用水问题也得到很好解决。此地位于悬崖峭壁之上，地势凶险。水利部门排除万难，为道观和民宅安装了水管线。

电力"村村通"项目也与水网铺设同样重要，它让电流通向了家家户户。电灯划破了山里黑暗的夜空，电视与电脑拉近了山里人与外部世

小路悠长，延至远方（张池摄）

山里的农家乐（张池摄）

界的距离，让山里山外融为一体。吴家人贩售药材时不再下山面谈，只需要打开电脑，鼠标轻轻一点社交软件即可在线谈价，十分便捷。他们还可以通过电视，了解农业技术知识。

自来水设施建设是一件大事，其解决了农作物、药材的灌溉水源和群众的生活需求；而电力与现代通信技术的使用则开启了民智。这两大工程更是着眼于未来旅游业发展的民生工程，让偏僻的山区也可以为游客提供基础服务。外面人探访山村，夏天有空调、电风扇；冬天有电热毯、取暖器；早起晚睡时还能享用热乎的开水和可口的饭食。花期到来时，他们更能迅速地将美景发朋友圈，来个现场直播。毫无疑问，解决了水电问题，为吴家后山从传统药材种植业向现代景观旅游业转型打下了坚实的基础。

改革开放的春风吹遍神州大地，就算在大山深处的旱丰村也难掩

通往乾元山金光洞的悬崖小道（刘谦摄）

"春风拂面"。这40年算是彻底改变了吴家后山的落后面貌，所迸发出的"致富潜力"让所有人惊叹。改革开放初期，山里人抢抓机遇，对外销售，赚到了"第一桶金"。之后，大家谋求产业转型，实现深度脱贫。他们确实做到了。

农业产业化也以独特的方式影响了山里人。由于地理与气候条件所限，当地并不能大规模发展农业，只能大力扶持辛夷、天麻、姜厚朴等适应高寒地区的药材。然而，"少"并不代表"没有"，村民们还是克服了条件限制，尝试走出自己的新型农业道路。

如何走？首先要"强根固本"。村民们仍在山林里开辟新的耕地，种植玉米、青菜、葱、蒜等传统作物，节省家庭开支。相当多数量的农家在屋后搭建了猪圈、羊圈、鸡圈等设施，养殖土猪、山羊、土鸡等动物。这些动物既可以家养，也可以在山坡上放养。圈养需要养殖户每天采割猪草、青草，备好泔水和鸡饲料。放养则每天早上将动物们赶出去，晚上再赶回来。

圈养的优点在于安全，长肉快，而野外放养则有一定风险。随着国家"退耕还林"政策的大力实施，吴家后山的生态环境改善很大，曾经难觅其踪的蛇、狼、黑熊、野猪、野山羊等动物的数量逐渐恢复，挤压着家禽家畜的活动范围。现在农户们仍采用"圈养+放养"相结合方式。平常在家圈养，天气晴好时则在附近较为安全的山坡上放养，并尽量喂食禽畜天然食料。这样一来，禽畜抵抗力强，肉质紧实、口感好，特产农家腊肉、天麻炖土鸡、山羊肉等食品基本上保持了放养的可口滋味。

此外，旱丰村还积极引进特色农业。最具代表性的当数养蜂业。

旱丰村养蜂业的发展也就是近十余年的事。与常见的流动式养蜂法不同，当地的蜂箱是固定式。大多数家庭都会在屋前屋后准备一些养蜂箱，赚些"小钱"贴补家用。养蜂，似乎是个成本低、收益高的副业，其实带来的收入并不高。以吴绍禄家为例，拥有5个蜂箱，每个蜂箱一年可产大约20～30斤蜂蜜。每斤蜂蜜售价30～50元，每年总收入约为3000～7500元。相对于一户人家，收入确实微薄。尽管如此，当地人还是热衷于养蜂事业。山上花种繁多，尤其是春季时漫山遍野的辛夷花为蜜蜂提供了优质蜜源。每逢辛夷、油菜花开，随处可见小蜜蜂在辛勤劳动。花好，蜂蜜质量就好。高寒山地的蜜蜂抵抗力强，加之蜜源优质，所产蜂蜜黏度就非常高。舀上一勺，能拉出1米多长的细丝。吴家后山的蜂蜜甘甜可口，并带有淡淡的植物花香，非常好闻。村民们的性格比较随意，不刻意追求产量，要等到蜂蜜的水分完全蒸发后才会取蜜。这几年吴家后山特产"辛夷蜂蜜"逐渐打响了知名度，送到大康、江油后的市价能卖到每斤50元。家境差点的人以此换些油盐钱，家境好点还是愿意给老弱妇孺食用，为他们补充点营养，提高免疫力。

俗话说："君子爱财，取之有道。"入秋后，旱丰村村民会取掉大部分蜂蜜，留下一小部分给蜜蜂食用。到了冬季，山上气温特别低。仅靠留下的蜂蜜并不能保证蜜蜂能度过寒冬。因此，每年十月初天气转凉的时候，村民还要为蜜蜂添加糖液，作为蜂蜜的替代品。他们在晚上闲下来时架上一口小锅，放一些白砂糖，然后倒水煮开。冷却后的糖水被

林下养蜂，是村民的副业。尽管收入微薄，却较好地满足了山里人的营养需求（刘谦摄）

倒入与蜂箱数量相等的小纸碗里，稍加搅拌后被放到蜂箱旁。接着，养蜂人揭开蜂箱盖，小心翼翼地往箱内放入一个糖水碗。取来一根带叶儿的小松枝，全部浸泡在糖水里几秒钟后将其一端搭在箱子内壁上。只见原本缩在蜂巢里的小蜜蜂逐渐飞散开来，胆大地落到树枝上，吮吸树枝上的糖分。为何要放树枝？其实这蕴含着一个"小知识"。吴家后山上的蜜蜂体形较小，如果仅仅放一个小碗而不立树枝，小家伙们很容易因为吸糖水而掉进碗里溺死。立根树枝，它们就算掉进去，也能扑腾着爬上树枝"逃出生天"。树枝还是吸引蜜蜂喝糖水的通道，它们在糖水吸引下顺着树枝上上下下，密布于其上。当村民放好纸碗和树枝后，很快上面就爬满了蜜蜂。不到三五天时间，这些糖分将被吸收殆尽，小蜜蜂们靠着这些"储备"得以熬过漫长的冬季。

记得第一次到花庙子时，我恰好看到旅店老板吴绍禄的儿子、儿媳正在收拾行李，似乎准备开车去哪旅行。经询问得知，他们原来是准备去新疆摘棉花。吴家后山夏季较短，山上全年气温比山下低好几摄氏度。国庆节之后很快就是寒冬，耕作时间少，天冷路滑。漫长的冬季意味着很难从事农业生产，人们除了在家烤火、自娱自乐就无事可干。交通的改善为人们增收致富提供了更多的选项。越来越多的村民在山下买了房，在镇上、城里就业。留守山上的村民则尝试充分利用空闲时间，养家糊口。去新疆打短工即是主要选项之一。每年8月底，旱丰村的青壮年就约好于某日齐聚大康镇，与附近村镇的人一起出发去新疆摘棉花。吴绍禄的儿子、儿媳收拾好行李后，当天下午下山先去绵阳住宿。第二天晚上与几十名大康来的老乡会合，一起坐火车去新疆了。

新疆是我国知名的产棉大省，棉花产量高、质量好。每年的8月到12月，全国各地的一百多万采棉工浩浩荡荡，乘着火车、大巴等交通工具聚到各大棉区，用打短工的方式来弥补夏、秋收后的收入空白。如此多的人口迁徙，规模堪比"春运"。河南省采棉工数量曾经占据绝对优势，如今四川人后来居上，人数也非常可观。仅大康一镇每次就有数十人进疆，寻找新"活路"。新疆地区的采棉收入按斤计价，收入每天最少可得200元，比起老家来还是很可观的。

村民们努力挣钱，种树、种药材、搞旅游、开饭店、打短工……思想开放与时代同步。久而久之，当地消费水平提升幅度很大。山下城里人有的，山上人很快也会有。2009年底，旱丰村全村基本普及大型家用电器，实现摩托车到户。随着旅游业的发展，连小汽车都逐渐成为家庭必备的。据吴绍旗介绍，山上目前已经有60多辆私家车，甚至购置了两辆汽车的家庭就有两三户。记得我有一次开车上山，吴绍禄老爷子对我的汽车表现出极大的兴趣，一直咨询它的价格。询问之后，他就介绍起自家的汽车，虽然不是豪车，但是仍让他骄傲和自豪。

交谈中，我随口说了一句大家山上住得辛苦，收入应该不是很高。谁知他竟然反驳道：吴家后山可不穷，经济主打辛夷产业，加上旅游、采棉等多种收入形式辅助，当地人的生活水平其实很高。现在汽车到户、家电到户，大家下山采购食品、服装鞋帽等物品时要么开车、要么乘摩托。尤其到了每年赏花时节，开农家乐的家庭可能还会下山几趟，采购猪肉、蔬菜、调料、油盐、大米等物。满满一屋子堆的，连大冰柜里也是各式食材。可以说，如果自家没有交通工具，单靠蹭靠他人的帮助，肯定是完不成这个"艰巨"任务的。居住在山上的村民早已克服了客观限制，发挥了主观能动性，形成了"自我造血"的良性机制。

中国重要农业文化遗产 13

常言道："农者，天下之大本。"为了发掘传统农业文化的价值，并克服现代农业技术的不足，国家制订了"中国重要农业文化遗产名录"。江油辛夷花传统栽培体系因其特殊价值顺利入选，获得了政府保护，迎来了发展新机遇……

常言道：“农者，天下之大本。”[1]中国人自古以来都高度重视农业生产，将其立为国计民生之本。

数千年农业发展史使包括中国人在内的人们积累了丰富的农事经验。联合国粮食及农业组织（FAO）认为：“在许多国家，一代代农民、牧民、林农和渔民以多样化的物种及其相互作用为基础，利用适用于当地条件的独特的管理实践和技术，创造、发展并保持着一些专门的农业系统和景观，通过反复试验，不断调整着捕鱼、耕作和放牧的方式，既保护了环境，又获得了收益。这些建立在当地动态知识和实践经验基础上的农业系统巧夺天工，反映了人类与自然环境的协调发展。不仅产生了独具特色的美学景观，维持了具有全球意义的农业生物多样性、具有自我调节能力的生态系统和具有重要价值的文化遗产，而且最重要的是为人类持续提供了多样化的产品和服务，保障了人类的生计安全和生活质量。”

中国幅员辽阔，地大物博。地理、气候环境不一样，矿产、水源、植被等条件也不一样，不同地域的人积累的农业生产知识也不一样。譬如北京平谷地区的农民在核桃种植方面的积淀深厚；贵州花溪地区的茶农保存了大量的古茶树，形成了独具一格的茶文化；云南红河哈尼族人的梯田耕作史已达1000多年，可持续性强……这些宝贵的生产知识都是先民利用自然、依靠自然的产物，使农业生产与自然环境完美地融为一体。

以举世闻名的云南哈尼梯田为例。其地处沟壑纵横的哀牢山区，山顶至山脚海拔落差大，降水丰沛。为了“向山要地”，哈尼族人在陡峭的山坡上开辟出规模宏大的梯田。“森林在上、村寨居中、梯田在下”，而水系贯穿其中，是它的主要特征。依山造田，最高垂直跨度1500米、最大坡度75°，最大田块2828平方米，最小田块仅1平方米；以哈尼族“寨神林”崇拜为核心的传统森林保护理念，使这里的自然生态系统保存良好，为梯田提供着丰富水源。哈尼族创造发明了"木刻分水"和水沟冲肥，利用发达的沟渠网络将水源进行合理分配，同时为梯田提供充足肥料。哈尼人还构建了多套微循环再利用系统，稻草喂牛，牛粪晒干做燃料，燃料用完做肥料，肥料养育稻谷；哈尼人珍惜土地资源，房前屋后的空地用来种菜，路边的墙缝也会成为菜地。此外，屋旁沟泾凡是有水的地方就会用来养鱼，鱼在池塘下面，池塘上面养浮萍，浮萍喂猪，猪粪喂鱼；鱼长大后又被放回梯田……哈尼梯田既实现了生态良性循环，也获得了较高的收益，劳动人民的生产智慧可见一斑。

可是，即使当下传统农业生产已经经历了漫长的岁月，却不得不直面现代化生产生活方式的猛烈冲击。传统农业本身"精耕细作"的特性既是优势，但又是劣势。劳动者必须投入大量精力，以维持可观的产出。比之第二、第三产业，农业经济收入相形见绌。大量的农民、牧民放下农业生计方式，或就地改行，或外出打工。这就造成了传统农业领域劳动力流失，也使农业生产知识、生产习俗的根基丧失。除此之外，农药、化肥、除草剂、催熟剂等现代农业产品的滥用带来了土地板结、水土污染、酸碱失衡、肥力下降、生态失调以及有害残留超标等问题。近年来，关注农业现代化负面效果的报道已是层出不穷："潍坊生姜滥用农药事件"等事件都曾引起社会各界对农业生产安全的高度关注。尤其是"转基因农业"，引发公众强烈关注与长期讨论。所以说，农业可持续发展，关乎当代人生存，更影响子孙后代。农业经济发展是影响人类存亡的大事。况且现代人随着生活水平的改善，对高质量农业产品的需求越来越大。他们为获得更安全、更可口的食物，出得起更高的价钱。这表明，传统农业其实有着产业升级的巨大潜力，市场前景广阔。

传统农业生产方式蕴含着自己的运行规律与传承价值。数百年、数千年形成的生产模式完全能够让农民们迎接时代的挑战。

　　首先，为了生存，先民们曾反复试验，积累了大量的经验。他们知道如何顺应天时，发明了"二十四节气"；熟悉如何"逐水草而居"，流动喂养牲畜的同时也注意不过度放牧；了解山林、河流、绿洲中每一根树、每一种动物的生长方式，掌握采集渔猎、涵养水源的秘诀……这些生产经验高度适应生产者所处的自然、地理与气候环境，以求达到人与自然的和谐。其次，我们所见到的农业生产，都是千百年来人类精挑细选后的遗留，能传承到现在，均是自然与人类双重选择的结果。也就是说，留下来的都经过了优胜劣汰，是最好的。迁西的板栗、高邮的咸鸭蛋、黄山的太平猴魁、普洱的普洱茶等农产品，均因过硬的质量、独特的口感，早已声名远播，深受现代人的喜爱。再次，先民们的生产经验仍然对我们的农业生产具有重要指导意义。现代化、集约化的农业生产方式固然有生产率高的优势，却不能克服当下层出不穷的农业危机，难以满足广阔的市场需求。就像人们常说的："现在猪肉没以前香了。"现代猪肉养殖业"洋技术"为解决中国人的温饱问题、丰富餐桌功不可没，但对于抗生素使用、口感优化、废弃物利用等方面的改善却无能为力。生猪"土方法"除了产量不及前者，抗病性、口感、瘦肉率则是"完胜"，连排泄物都能成为再度利用的"有机农家肥"。在市场上，传统方法养出的土猪的肉更受消费者欢迎。这也让一些养殖者受到启发，试着向传统学经验，改善养殖方式。

　　说一千道一万，现代化不一定代表着先进，传统也不一定意味着落后。为了发掘传统农业生产方式的潜力与价值，更为了使其在当下传承下去，不被现代化生产方式改造，丧失其本有的优越性，必须有所行动。为此，联合国粮食及农业组织（FAO）首先提出了"全球重要农业文化遗产"的概念，将其定义为："农村与其所处环境长期协同进化和动态适应下所形成的独特的土地利用系统和农业景观，这种系统与景观具有丰富的生物多样性，而且可以满足当地社会经济与文化发展的需要，有利于促进区域可持续发展。"2005年起，粮农组织在全球范围内选取不同类型、具有代表性的传统农业系统作为保护对象，试图实现"农业文化遗产价值挖掘、保护与利用途径探索、保护理念与经验推广、遗产地文化自觉和产业发展"等领域的目标。作为积极响应者，中国政府也定义了"中国重要农业文化遗产"："指人类与其所处环境长期协同发展中，创造并传承至今的独特的农业生产系统，这些系统具有丰富的农业生物多样性、传统知识与技术体系和独特的生态与文化景观等，对我国农业文化传承、农业可持续发展和农业功能拓展具有重要的科学价值和实践意义。"

截止到2019年7月，中国政府已立项4批共计91项国家级农业文化遗产项目，其中15项被列入全球重要农业文化遗产，在遗产数量上保持国

西南科技大学建立的"四川江油辛夷花传统栽培体系种苗繁育基地"标牌（张池摄）

际领先地位。四川省内，江油辛夷花传统栽培体系、苍溪雪梨栽培系统、美姑苦荞栽培系统等5个遗产体系入选，成为"国字号"项目。其中江油辛夷花传统栽培体系于2014年6月12日入选第二批中国重要农业文化遗产名录，是四川省内最早进入名录的项目，有着"领头羊"的地位。吴家后山从此声名远播。

回想当年，辛夷花系统能够冲击"中国重要农业文化遗产"项目，并不是运气使然，凭的就是自身过硬的实力。2013年5月，农业部公布了第一批中国重要农业文化遗产名录。很快，江油市有关部门在吴家后山进行了农业文化遗产调查，并撰写了第二批中国"农遗"申报文本，准备上交国家农业部审核。

然而此时对于绝大多数中国人而言，"农业文化遗产"还是一个新鲜度极高的概念。作为在省内"吃上螃蟹"、对相关申报知识与程序并不熟悉的江油市有关部门和旱丰村村民只得"赶鸭子上架"。作为重要的参与人，吴绍旗坦言："到申报第二批农业文化遗产的时候，我们都搞不清楚这是啥子，等到通知下来，急忙报了这个项目。大家都是摸着石头过河！"[2]

如果说第一批中国重要农业文化遗产项目申报时，大家还懵懵懂懂，之后的第二批次，全国各地均有项目申报，已呈现激烈的竞争态势。据徐旺生老师回忆，当时应该有60多个项目申报。由于申报项目数量多，时间紧，审核组重点审核文本，按照传承年限、生物多样性、经济特征、景观特征讨论确定入围名单。2014年6月12日，国家农业部公布20个正式入选项目名单，"四川江油辛夷花传统栽培体系"位列其中。此次申报成功，给四川省内其他地区带来极大的鼓舞。此后各地申报数量明显多了起来。截至目前，苍溪雪梨栽培系统与美姑苦荞栽培系统、盐亭嫘祖蚕桑生产系统与名山蒙顶山茶文化系统已分别入选第三

江油市喜获"中国重要农业文化遗产地"称号（刘谦摄）

批、第四批中国重要农业文化遗产项目。

成功入选使吴家后山的名气大增，花期时节的游客逐年增加，具备了发展特色旅游的潜力。为了彰显"国字号"身份，江油市政府还特意在花庙子立了纪念碑。

在中国重要农业文化遗产项目的启动初期，对文本审核评分成为主要的审核方式，实地调研不足。2016年，受农业部农产品加工局委托，徐旺生等人组成了调研小组，赴吴家后山补充调研辛夷花传统栽培体系的保护与传承所面临的问题。通过实地走访，调研组对该系统的传承历史、传承价值、发展潜力等有了更直观的了解。他们发现：辛夷花药材曾经是当地的支柱产业，但是在今天相对价值已经不如从前，而且季节性特征明显。产业单一、季节性强，成为制约当地村民的"桎梏"。因此，村民们必须思考如何在坚持保护传承的基础上，实现多元产业，走出农业遗产地发展新路子。

然而，相对于兴化、黔东南、红河等声名鹊起的农业遗产"网红地"，近几年来江油的农业文化遗产对外宣传工作似乎很是"低调"。我在网络上搜索，相关宣传资料并不多见，主题会议也较少，只有一些花期的旅游推介。这不得不说是一个遗憾。

作为"国字号"项目，中国重要农业文化遗产的申报竞争激烈。各地都认真鉴定最具代表性的农业生产系统，组织专家、学者论证申报。在激烈的竞争压力中，江油辛夷花传统栽培系统能够入选，显然还是有"两把刷子"的。那么，该系统究竟有何"魔力"，征服了评委呢？

曾参与中国重要农业文化遗产认定工作的徐旺生研究员认为：江油辛夷花系统有着独特的历史价值、景观价值、经济价值等突出优势，他介绍道："首先来说，它的存续时间比较久，历史文化底蕴比较丰厚。然后就是遗产地面积与规模比较大。除此之外，陡峭的山势与数量可观的树林使得花期景色特别壮观，构成独特的景观。最后一点，辛夷花的经济价值很高，对助农兴农贡献很大。我认为基于这四点原因，江油辛夷花能够入选国家的重要农业文化遗产项目。"[3]

江油辛夷花系统能摘下"国字号"名头，首要因素当然是吴家后山号称中国辛夷花种植面积最大、最密集的区域，其他地方难以望其项背。6万多株辛夷树的规模可谓空前绝后。每到开花时节，漫山遍野都是花，非常壮观。"规模化"是入选的第一个要素。

近400年的人工种植历史确保了遗产传承的活态性。辛夷栽培方式是山民们长期实践的结晶。他们优中选优，既培养出最优质的树种，也形成了一套完整的栽培、采摘方式。尽管相对于水稻、茶叶、香菇、葡萄等精耕细作的"劳动密集型"农业产品，辛夷并不需要耗费管理者太多精力，管理方式也较为简单、粗放。然而，现有的培育方式传承了如此之久，恰恰说明了其是活态传承的，不断地与时俱进，具有很强的适应力与生命力。"持续性"是其入选的第二个要素。

无论是过去还是现在，辛夷树与当地人的生活都关联紧密。为了使经济效益最大化，村民发展出以辛夷树为主体，多种动植物辅助培育的复合型经济。杜仲、天麻、竹子以及林下养鸡、猪等农业活动使山林形成一个完整的生物圈，丰富了生物多样性。尤其是动物行为疏松了土质，排泄物转化为作物的优质养分。复合型经济对吴家后山兴农助农的贡献巨大。虽然山上地少，气候严寒，但是数百年来村民们极少为生计发愁，甚至在特殊历史时期还能使生活水平明显高于山下平原地区。如今，"植一畜"一体的多元化生产方式已经形成。因此，从经济角度来说，该系统入选优势明显，独特性突出。"复合性"是其入选的第三个要素。

陡峭挺拔的山体地表形态、丰富的辛夷花群落、开阔的观景视野以及历史悠久的远古人类遗迹等景观要素构成了生态系统的奇绝景观。吴家后山上的辛夷花林规模大，到了花期时尤为壮美，形成了极具视觉冲击力的景观生态美学特征。风景如画的自然景观为吴家后山发展休闲旅游产业提供了优质的资源，也便于参观者得到美的熏陶，愉悦身心。"景观性"是其入选的第四个要素。

吴家人隐居山林数百年，流传的社会组织、民俗文化与高山地理自然三者完美融为一体，且与高山农业关系紧密。家族式的生产组织形式、注重水土保持的生态环境观念、佛释道和谐共存的宗教信仰状态、古朴原始的辛夷古树崇拜、以辛夷为生的闲散生活方式以及丰富多彩的川西民间艺术等外在表现形式形成辛夷花传统栽培体系，是农业文化遗产在精神文化层面的反映。其本质就是吴家后山多彩的文化多样性，有助于农业文化遗产的传承与单一生产条件下的社会稳定。"多样性"是其入选的第五要素。

林下养的鸡，能提供丰富的蛋白质（刘谦摄）

为了成功申报项目，也为了将来更好地发掘、保护与利用遗产，2014年4月8日，即国家农业部公布第二批重要农业文化遗产项目前的两个月，江油市人民政府、相关单位以及绵阳师范学院等多方机构，更是讨论并确认了《四川江油吴家后山辛夷花传统栽培体系保护与发展规划》。

《规划》共分为九个部分，涉及规划总则、遗产特征与价值分析、保护与发展的优劣势与总体策略、保护与发展规划以及风险与效益分析等内容。在总则部分，《规划》首先确立了科学性、前瞻性、代表性与实用性四大编制原则。科学性即"农业文化遗产规划的编制应对农业文化遗产系统及其价值进行科学分析，对所面临的优势与劣势、机遇与挑战进行科学评估，保护与发展目标和采取措施力求科学合理"。[4]前瞻性即"应从农业文化遗产保护要求和遗产地社会经济发展总体目标出发，力求高起点，注重长期目标的实现，确保规划在较长时间内具有指导作用"。[5]代表性即"应当充分听取各利益相关方的意见，规划的实施应当能够在农业文化遗产得以有效保护的同时，让遗产地居民和保护者获益"。[6]而实用性即"应针对遗产特点确定目标与措施，并注重短期利益与长期利益、局部利益与整体利益、总体目标与阶段目标、遗产保护与地区发展的协调，注重本规划与其他相关规划的协调，使目标可检查、措施可操作"。[7]

从四大原则可见，主管部门与撰写机构基本上掌握了农业文化遗产传承与保护的本质，这与注重"社区所有"为特色的非物质文化遗产保护相似，以让遗产实现"全民共享"为目标。

《规划》还站在政府的角度，系统分析了辛夷花传统栽培体系的优势与劣势。

申报者认为其优势主要集中于四个方面：相对完善的辛夷花传统栽培技术组织机构、悠久的栽培技术实践经验与浓厚的文化氛围、丰富的旅游资源，以及独特的辛夷花品种。组织机构方面，为了有效保护与传承辛夷花传统栽培技术，江油市成立了严密的农作物技术组织机构体系，为药农现场指导栽培、水土资源与灾害防控等农业生产技术。实践经验与文化氛围方面，吴家后山人在长期的生活实践中，对吴家后山上的一草一木、生物多样性的生长环境、特性等方面了如指掌，明晰自然生态系统对生产、生活的重要性。他们对药材采取保护性利用措施，分时期采挖，给物种留下了生长空间；还摸索出了成熟的人工育种辛夷花、天麻和其他中药材种植技术、知识体系，为农业文化遗产保护奠定了良好的实践经验。旅游资源方面，自然资源、农业观光与人文资源已融为一体，利用价值高。品种方面，其他省市的辛夷花花色单一、规模小，而吴家后山上6万多株辛夷树的数量、最长可达300多年的树龄与号称"七彩"的花色，绝对可以称得上"冠绝全国"。

遗产自身劣势也很明显，制约了未来的整体性保护。首先，区位条件差，交通闭塞。吴家后山虽然有丰富的资源，有优质的农副产品，但由于交通不便，长期不通公路，所需的生产资料进不来，生产的农副产品出不去。藏在深山无人识，相识皆因行路难。高山环境不仅影响了村民的主动性、积极性，而且丧失了开发建设、脱贫致富的机遇。直到2009年，村通公路才正式开通。即便如此，大家仍不愿意待在山上，人口流失严重。

其次，信息闭塞，发展资金落实困难。由于本地生存环境较差，地处丘陵山区，与外界沟通困难，信息不畅，村民的文化层次相对较低。村民不善于、也没有条件去接受科技知识的学习培训，吸收先进生产方式、先进经营管理经验的意识不强。另外辛夷花农业文化遗产基地用地规模大，地形复杂，开发建设资金需求大，但外来投资情况较差，发展资金落实困难。

经历了寒冬，花蕾含苞欲放（刘谦摄）

此时已草长莺飞，花儿朵朵开（刘谦摄）

烂屋子花海，是观花核心区之一（刘谦摄）

再次，产业结构单一落后。辛夷花所在区域主要是以农业为主导产业，且产品单一、不具规模，生产方式落后。村里没有经济实体，无发展第二产业的条件，第三产业有条件但未发展起来。路网、水网、电网等基础设施不完善，又由于吴家后山属于喀斯特地貌，水资源匮乏，长期以来，一直是制约当地发展的瓶颈。[8]

农业文化遗产申报后的保护与利用是农业主管部门必须直面的问题。为了更好地传承农业文化遗产，当地坚持保护至上、适度利用、整体保护、协调发展等原则，力求建立多方参与机制，实施政府主导、农户参与、科技支撑、企业带动的联合动态工作方针。具体又如何实现？主管部门认为：将确保制度保障、组织保障、技术保障、资金保障，立足本地农业文化遗产、地域历史文化底蕴和优良自然生态环境等基础条件，按照"农旅结合、以农促旅、以旅强农"发展路线，形成"政府引导、农民主体、社会参与、市场运作"的休闲农业发展模式，把"休闲农业+观光旅游"发展成吴家后山主导产业。

我认为《规划》很好地把握了辛夷花栽培体系的本质与客观条件，可谓用心良苦。由于申报之时，农业文化遗产保护工作在国内还处于起步阶段，学术界对其发展模式并没有形成统一认识。多数学者都倾向于以产业带动保护，以旅游促进传承。对于农业文化遗产本体而言，这是实现"活态传承"的一种主要模式。然而，随着遗产保护的深入，大家逐渐意识到必须掌握保护与利用这两者的"度"。保护是优先方向，即首先要保住遗产涉及的动植物的"DNA"，保住遗产所承载的地方性知识，保住生物多样性；利用是必要手段，以"社区参与"为主要方式，与"乡村振兴"战略结合，发掘社区的力量，以维持生态系统，应对气候变化、生物危机。而政府主导的推广宣传与旅游业发展只是其中的可选项，不是必选项。如何促进社区中民众的生产积极性，辅以农业科技，提高农产品的产量与质量；如何与文化创意相结合，在农产品深加工与包装设计、农业品牌建设与网络平台销售等领域做出特色，才是可实施的必要手段。

　　总而言之，吴家后山的辛夷花传统栽培系统能够摘得"国字号"桂冠，是其规模化、持续性、复合性、景观性与多样性等特征受到了评委的青睐。作为优势突出的高山药材种植产业，其与其他申报项目形成了鲜明对比，在激烈的竞争中脱颖而出，成功入选。

注释

[1]　（文帝）诏曰："农，天下之大本也，民所恃以生也。而民或不务本而事末，故生不遂。"《汉书·文帝纪》。

[2]　采访人：张池，采访对象：吴绍旗，采访时间：2018年9月9日上午，采访地点：江油市菲尔德茶餐厅。

[3]　采访人：张池，采访对象：徐旺生，采访时间：2019年10月8日，采访地点：电话采访。

[4]　《四川江油吴家后山辛夷花传统栽培体系保护与发展规划》第5页，江油市人民政府、绵阳师范学院城乡建设与规划学院，2014年。

[5]　《四川江油吴家后山辛夷花传统栽培体系保护与发展规划》第5页，江

油市人民政府、绵阳师范学院城乡建设与规划学院，2014年。

[6]　《四川江油吴家后山辛夷花传统栽培体系保护与发展规划》第5页，江油市人民政府、绵阳师范学院城乡建设与规划学院，2014年。

[7]　《四川江油吴家后山辛夷花传统栽培体系保护与发展规划》第5页，江油市人民政府、绵阳师范学院城乡建设与规划学院，2014年。

[8]　《四川江油吴家后山辛夷花传统栽培体系保护与发展规划》第13页，江油市人民政府、绵阳师范学院城乡建设与规划学院，2014年。

Agricultural
Heritage

"拍电影"与"进京赶考" 14

吴家后山辛夷林本来地处深山老林，成功申遗使其名声日隆，引来了社会各界的关注。江油有关部门大力开展"引进来"与"走出去"战略：既请新闻媒体前来拍摄纪录片，也赴京展示辛夷花传统栽培系统的风采……

常言道："酒香不怕巷子深。"吴家后山辛夷林本来地处深山老林，成功申遗使其名声日隆，引来了社会各界的关注。即使当地缺乏有效宣传，前来考察的商界、学界、新闻媒体等领域人士仍络绎不绝。一开始，村民们还对突如其来的热闹不太适应，很快就游刃有余，甚至还主动配合。譬如，中央电视台曾前来拍摄纪录片，引发的"拍电影"热潮至今让他们记忆深刻。

2015年，为了宣传推介中国重要农业文化遗产，中央电视台科教频道从众多项目中重点选取了"江油辛夷花传统栽培体系"在内的数个较有代表性项目，拍摄专题纪录片。同年12月，当摄制组抵达旱丰村时，整个村庄都沸腾了。领导和村民将远道而来的客人们围得水泄不通。在村民们眼中，央视摄制组简直就是"拍电影的"。绵阳、江油的地方媒体也给予高度关注，报道颇多。

为拍出理想中的吴家后山全景，工作人员运用了无人机航拍技术（刘谦摄）

中央电视台导演储捷在导戏（刘谦摄）

在《号外号外　吴家后山辛夷花要上央视啦》这篇文章中，便记录了当时的"盛况"：

小伙伴们，江油大康吴家后山的辛夷花要上央视啦！是不是感觉有一点小兴奋呀！

11月29日，中央电视台科教频道来到江油，主要任务就是拍摄《江油辛夷花传统栽培体系》纪录片。纪录片的内容包括辛夷花的历史渊源、种植特色、辛夷花文化以及农村旅游经济等。

央视咋要跑到江油来拍摄辛夷花呢？辛夷花到底有什么魅力把央视都吸引来了呢？

原因一：辛夷花是全省首个中国重要农业文化遗产。

大家可能还不知道吧，还在2014年5月，江油辛夷花传统栽培体系就被正式确定为中国重要农业文化遗产，这也是全省首个传统农业文化被列入中国重要农业文化遗产。

前些时候，国家农业部联合中央电视台计划拍摄制作《中国重要农业文化遗产》系列纪录片，并将在央视7套黄金时段播出。《江油辛夷花传统栽培体系》作为全国第二批重要农业文化遗产项目，是系列纪录片的重要选题。

据节目组介绍，该纪录片计划拍摄上下集，每集播出时长为30分钟。节目将以典型人物、特色场景、专家解读相结合的方式进行，不仅将展示辛夷花的宝贵价值，还将展示江油经济社会发展取得的新成就。

......

央视科教频道导演储捷表示，此次在全国30多个中国重要农业文化遗产中选了10个地方拍摄系列纪录片，江油辛夷花因历史悠久、文化传承深厚、民俗民风具有代表性被作为重要选题。

......

目前，江油正深入调研分析，编制全球重要农业文化遗产申报材料，完善体系保护性利用规划，健全管理体系，助推休闲农业与乡村旅游融合发展，实现重要农业文化的保护性传承。[1]

仔细琢磨此前的报道，我们仍然回味当时江油人民对于央视采访农业文化遗产的热情。为了拍好纪录片，展示江油辛夷花的风采，相关农林部门、大康镇、文广新旅局等部门积极配合，提供力所能及的帮助。村民们也将所了解的历史渊源、种植方法、辛夷文化等地方性知识详细告诉给了摄制组，并亲自示范，展示辛夷、天麻、乌药等药材的培育方法。譬如吴绍禄在央视前来拍摄时，不顾年事已高，冒着冬日严寒，亲自攀爬湿滑的树干，示范摘果技巧。

人们满怀激情，期待纪录片能够使江油辛夷花的名气再上一层楼。然而，片子至今仍没有播出，这让村民们遗憾不已："好像拍完后到17年3月份就基本制作完了。我们提供的人文生态，民俗传统、景观等方面的材料很多，也挺真实的……我觉得山上是什么样子，我们就该告诉他们什么样子，我们再看看今年还播不播。"[2]

虽然纪录片没播，但是中央电视台《新闻联播》《共同关注》、湖南卫视《天天向上》等其他栏目做了相关报道，为江油辛夷花名气的稳

为了采集辛夷花蕾，山民们要爬到近20米的高度
（刘谦摄）

步提升起到了重要作用。

新闻媒体是向公众普及农业文化遗产的重要力量。目前起到的作用尚有欠缺，将来应有更大的合作空间。

中国重要农业文化遗产项目的评选，是对中国农业资源与农业知识的确认。相对于自然遗产、文化遗产以及非物质文化遗产等遗产类型，全球与中国重要农业文化遗产起步较晚、数量较少，在群众中的知名度也就相应小了些。即使是"后生仔"，其确认与评选速度也称得上"后来居上"。当第四批中国重要农业文化遗产项目评选结束后，中国已有入选中国重要农业文化遗产项目91项。无论是数量，还是质量，都已经具备了向公众扩大宣传的基础。

2018年11月23日上午，由中国农业农村部农村社会事业促进司、乡村产业发展司、市场与信息化司、国际合作司指导，中国农业博物馆主办的"中国重要农业文化遗产主题展"在北京全国农业展览馆（中国农业博物馆）隆重开幕。此次展览持续3个月，以期"系统展示中国重要农业文化遗产保护成就，形成全社会保护传承中华农耕文化的强大合力，增强文化自信，促进现代农业建设和农业可持续发展"。

为了充分展示江油辛夷花传统栽培系统的风采，提升其知名度，江油市政府对此次进京参展高度重视，下发专文组织人员搜集有关资料。有关部门对遗产地景观、传承保护措施、民俗活动、品牌建设等内容做了深度挖掘，并准备了视频资料、文件资料、模型沙盘、主要农具等各类资料，以求向观众深度展示江油辛夷花的风采。这是2014年以后，政府对农业文化遗产的再确认与再普查。与之前申报时注重强调农业栽培技艺不同，本次负责参展的农业部门花费了大量力气挖掘农业遗产背后的物质与非物质文化遗产要素，日常农具、民俗活动、遗产景观等成为要着重展示的内容。

　　北京的组织方也为展览提供力所能及的人力、物力与财力等方面的帮助。除视频、图片、文字等常规展示手段之外，还通过"非遗"传承人现场示范、3D地画、人景互动动漫、手机扫码解说、手机扫码网购和现场游戏等方式，试图全面诠释江油辛夷花栽培系统在内的众遗产项目"经济、生态、技术、文化、景观"五大特征。而突出遗产背后的文化推动力，突出遗产的传承规律，突出中国人"天人合一"的思想哲学以及突出遗产对"乡村振兴战略"的现实意义，无疑是此次展示的亮点。这与当下民具学、景观学、非物质文化遗产保护等主流研究思潮的影响是紧密相连的。

　　"中国重要农业文化遗产主题展"是江油辛夷花栽培体系首次亮相京城，意义重大。展览期间，观众络绎不绝，纷纷驻足展台前，了解辛夷花的栽种、生长、采收等具体种植流程，口尝油炸辛夷花与辛夷果茶，观看江油旅游宣传片。展览进一步提升了辛夷花的知名度。而且自申报成功之后，相对于其他农业文化遗产地，江油当地宣传活动力度明显不足。这次参展，可以说是近年来最大的宣传活动。

注释

[1]　http://www.84jy.com/news/detail/28236《号外号外 吴家后山辛夷花要上央视啦》2015年12月01日　来源：江油发布，作者：贾柳。
[2]　采访人：张池，采访对象：吴绍禄，采访时间：2018年10月2日晚上。

"舒适区"

15

虽然江油辛夷花传统栽培体系有"国字号"金字招牌加持，但是因各种原因导致其挖掘与利用程度仍不明显。无论是社会认知度，还是经济效益都逊色于不少农业文化遗产项目……

　　江油辛夷花传统栽培体系申报重要农业文化遗产，是当地政府高度重视的大事。申报之时，主管部门聘请专家参与申报，投入大量资源准备申报材料，不可谓不重视。当申报成功的消息传来，全市人民欢欣鼓舞，极大地提振了人们建设家乡的信心。

　　俗话说："人无千日好，花无百日红。"申报之后，江油市一些部门滋生了"重申报、轻保护"意识，对辛夷资源的管理与利用力度不够。目前国家农业农村部已经公布了四批"中国重要农业文化遗产"项目，绝大多数遗产地注重持续保护与挖掘遗产资源，生态效益、经济效益、文化效益凸显，农业文化遗产的知名度大幅度提高。尤其是浙江青田稻鱼共生系统、云南红河哈尼稻作梯田系统、内蒙古敖汉旱作农业系

盛开的花朵，粉嫩欲滴（刘谦摄）

统等项目，借助申遗东风，大力发展农产品品牌，对当地的扶贫攻坚工作推动作用明显。又如甘肃迭部县自然风貌优美，广袤的森林草原、深幽的高山峡谷、清澈的溪流清泉、庄严的藏寨寺院、秀美的冰川遗址……构成了一系列独特风貌。而本地扎尕那农林牧复合系统，与甘南地区独特的自然风貌完美结合，旅游业发展十分迅速。游客们或自驾、或徒步、或搭乘公共交通工具，前往居民们家中，体验农业生活。这既让游客感受到壮美的风景，也加深了他们对当地传统农耕文化的体验，一致给予好评。

反观江油地区，却似乎并未深入挖掘"遗产文化"。既未充分宣传，也未形成支柱产业，更缺乏与其他遗产地的互动。自"申遗"成功后，对于辛夷农业文化遗产的宣传工作仍在进行，网络、报刊、电视等媒体都有相关报道，每年花期也有旅游推荐。然而，相对于其他农业文化遗产地，宣传力度稍弱。除却2018年在中国农业博物馆的展示活动外，几乎难觅在北、上、广、深、蓉、渝等大城市的宣传推介活动。而我在四川农业大学校园里随机对10名学生做了提问，无人知晓江油辛夷花，而全部或多或少听闻"红河哈尼梯田"。川内民众对于江油辛夷花的认知也仅仅停留于花期时的赏花娱乐活动。从农业遗产的社会认知度而言，江油辛夷花传统栽培体系显得有些逊色。

经济效益方面，缺乏有效的辛夷药材产业化与旅游产品推广。辛夷自古以来就是吴家后山的经济支柱，村民们上山下山，将一袋袋、一筐筐的果实、花果、树皮卖给药店与药厂，换取生产、生活必需品。无论传统农耕社会还是计划经济时代，这种交换方式本质上属于粗放型的交换模式。改革开放后，大型制药厂成为江油辛夷花的主要收购方，为村民增收致富做出了重要贡献。然而，长期保持的合适收购价却使村民与相关部门进入了"舒适区"，使辛夷药材话语权被大药材企业掌控。

花蕾与花朵，相得益彰（刘谦摄）

更重要的是，这些药厂基本位于成都、重庆等大城市，掌握了话语权与定价权。江油、绵阳本土药企较少，处于弱势地位。江油辛夷药材业已将自己的命运交给了药企。如此容易带来经济发展的隐患，一旦出现市场波动，受伤的只能是农户。随着人民生活水平的改善以及身体素质的提高，药材制造行业的经济状况不稳定。这种波动直接反映到辛夷药材的收购量与收购价上，迫使农民们想方设法寻找新的收入来源。依托辛夷资源与自然风光优势，发展旅游业无疑是新的经济增长点。对于旱丰村村民而言，发展旅游业与提高药材经济价值却是一个悖论。吴家后山旅游业最大的卖点就是花期的美景，当地甚至有"一次开花吃半年"的说法。美景的另一面却是对药材产量的抑制。为了保持花开时漫山遍野的状态，村民不能过量采摘果实与花朵，药材经济因此大打折扣。相对于辛夷药材，天麻、姜朴等经济作物无论是产量还是经济价值都难以匹敌。药材产量逐年减少，更限制了药材加工产业的发展，使得村民对旅游业的依赖性越来越强。辛夷花和辛夷果，渐渐地就成为花期旅游市场上吸引游客的配角了。

当前，中国农业文化遗产保护的形势大好，公众与政府对其认识加深，更加愿意参与保护事务。多地争相申报农业文化遗产项目，竞争越来越激烈。申报成功的遗产地也不闲着,大家纷纷抱团,互相学习保护经验。在一些农业文化遗产社交群里,经常看到遗产地的保护者们积极互动;在展览会上,展台与展品琳琅满目。甚至有的遗产地还经常举办规模不一的文化遗产论坛以及展示活动,以体现保护成果,希望引起社会各界的关注。譬如在2019年10月于成都市郫都区举办的第六届全国农业文化遗产大会上,我就看到不少遗产地机构派专人参加活动,纷纷发言参与保护事务的讨论。并且设立宣传展台,展示保护成果与"农遗"产品。而无论是学术活动、展览会还是社交媒体,很少见到围绕江油辛夷花遗产地的推介与互动。江油辛夷花栽培体系,似乎从未进入公众和遗产研究者的视野。

为何江油辛夷花遗产体系如此"沉默"?并非江油人民不愿大力宣传,也不是当地主管部门推广不力,归根结底还是遗产本身的特性,决定其不能如其他遗产项目一般积极参与宣传推广。

"自由随性"是辛夷花栽培系统的第一特性。辛夷树是一种生存力极强的树种,根本不需要占用过多的人力资源。尽管村民们有着一整套栽种方法,却很少打理。当他们在种苗田里培育出幼苗并移至地里后,除了采摘果实、花朵等生产活动外,基本上不会再去地里照料。辛夷树本身就是药材,抗虫性较强。只要得到充足的水分和光照,长势就会很好。久而久之,村民们对辛夷树有点"熟视无睹"。对待辛夷树的栽培,似乎已是"自由"与"随性"。而其他农业遗产项目却不一样,绝大多数项目具有"劳动密集型"特性,需要占用劳动者大量时间与精力,才会得到想要的产出。如茶叶、水稻、鱼类、香菇、当归等作物,必须在育苗、栽种、养护、采集、储藏等各个阶段精心管控。至于畜牧类项目,更是一年四季很难停歇。辛夷树不需过多打理,这既是优点,又是缺点。因此,申报成功后,久而久之大家就懈怠了。其他项目则相反，须高度集中的注意力，时刻提醒着人们积极地参与宣传推广活动。

"季节性"是辛夷花栽培系统的第二特性。如果要推广农业遗产，就必须做好随时接待游客与专家学者的准备。"劳动密集型"项目可以长期接待外来者，并能全面展示遗产的主要生产过程。譬如茶叶类遗产，在春、夏、秋三个季节都有茶叶可采；梯田类遗产，四时风景，各有韵味；游牧类遗产，参与性强。而江油的辛夷花栽培体系先天条件不足，季节性极强，必须在春季短短的半个多月时间内体验盛景。故而单纯推荐农业遗产本体，可能并不会激发公众的兴趣。

综观各农业遗产项目，为了求生存、求发展，都必须努力寻找新的突破口，实现"捆绑销售"。以普洱古茶园与茶文化系统、阿鲁科尔沁草原游牧系统、杭州西湖龙井茶文化系统等为代表的项目，将继续发掘高质量或高产量农产品的经济价值。而梯田系统、湿地农业系统之类，既可以产出农产品，还可以与旅游业相结合，带动当地经济发展。目前来看，红河、龙胜等地就因农业文化遗产卓越的景观价值，随时都能吸引世界各地的游客，将其打造成地方经济"发动机"。如今，在药材产量递减的情况下，江油的主管部门如想实现辛夷花栽培系统的传承与发展，只能在旅游业上想办法。花期季节性过强的现实却制约了旅游发展的上限。平心而论，吴家后山的自然风景不及距离较近的窦圌山、九皇山；知名度与商业化程度亦不及声名鹊起、同样打辛夷花牌的药王谷；加之高寒山区的特殊地理与气候状况以及交通条件落后的现实，这些因素都制约了吴家后山的旅游业发展。平时，山上很难看到游客。也只有在花期，遗产旅游方可实现经济效益，才能实现有效推广。

就如徐旺生老师所言：当时专家组到吴家后山进行考察，但由于天气太冷，开花期延后，没有领略到辛夷花栽培体系独特景观的盛况。无奈之下，只得采用影像资料与向导介绍相结合的方式加深理

花朵，笑开颜（刘谦摄）

解。用现在的话说就是"脑补"。专家都是如此境遇，普通游客的情况可想而知了。

　　基于辛夷树的栽培不需要人们倾注过多精力与关注，加之季节性的限制，导致当地人很难燃起推广宣传的热情。只有到了花期，地方新闻媒体以及本土爱花人士刘谦创办的微信公众号"6000微视觉"才会出现一些科普性质的报道。总而言之，如何做好推广工作，并积极与其他农业遗产地互动，将是江油农业主管部门未来不得不面对的难题。

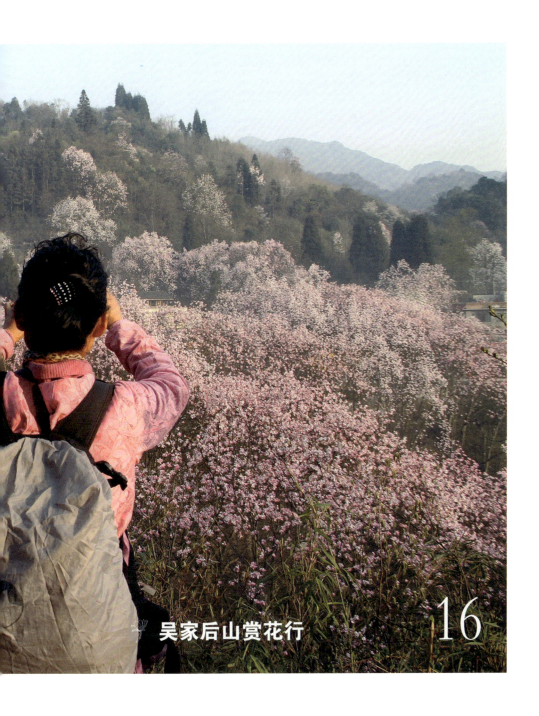

吴家后山赏花行

16

2020年清明节期间上山赏花，便于思考"遗产+旅游"模式背后的文化内涵。为了维护花期秩序，村委会充分发挥了积极性，力保游客出行平安、食宿无忧。尽管辛夷花开盛景迷人，仍然有一些不和谐的现象引人深思……

　　网络上肯定会有一些介绍上山观花的攻略。那么，作为一个文化学者，我与普通游客的观赏有什么不同呢？首先当然是全面介绍辛夷花期的景致，去发现最佳视角。其次以"参与观察"的方式，展示游客容易忽视的细节。最后，思考"遗产+旅游"模式背后的文化内涵。带着问题出发，而不是"走马观花"，才会有不一样的收获。

　　我自接手江油辛夷花传统栽培体系的写作任务以来，一直憧憬着能够亲眼看看花开时的盛景。2018年国庆期间上山时，当地人就告诉我：辛夷花已经历了3年的小花期，2019年必将迎来大花期。说来也怪，数百年来，无论气候如何变化，"三大三小"的花期规律始终稳定，毫无变化。如今为了迎接来年的大花期，当地人在前一年都会自我约束，严格控制采果数量，以使花景达到最佳效果。花景越壮观，越能给游客带来视觉冲击，景观利用价值就越高。还未上山，传说中的大花期就已像一碗川香浓郁的"勾魂面"，吸引着"饥肠辘辘"的我。

　　2019年3月下旬，江油知名"拍花人士"刘谦老师在微信朋友圈发

为依托辛夷资源发展旅游业，政府多次举办辛夷花节（刘谦摄）

辛夷花节期间，游客纷至沓来，交通严重拥堵（刘谦摄）

布信息，告知位于吴家后山山腰处的"药王谷"的辛夷花已经开放，请朋友们做好上山观花的准备。此时，成都、江油等地的马路上也出现了药王谷的广告。这一切似乎也告诉我们，要准备上吴家后山观花了。

然而到了3月28日，药王谷的花已过盛期，大家却未收到任何关于山上花开的消息。这意味着山上、山下的花期断档了。无奈之下，所有人只得静静地等待，望眼欲穿。终于在4月2日，旱丰村传来期盼已久的花开的消息，可以进山了。

很多人出去旅游之前都要看各种各样的攻略，以节省时间、节省开支，少走弯路。我也难以免俗。虽然已经上了几次山，却还是将相关报道与刘谦老师"6000微视觉"微信公众号的攻略仔仔细细地温习了一遍。事实证明，我的做法是正确的。按照前人的经验，花开之时，交通将变得极度拥堵，不仅需要提前做好行车规划，也需要安排好食宿。恰好花期与清明节重合，为了避开即将到来的法定节假日高峰期，我决定提前一天（4月4日）出发，并订好了在吴于顺家的食宿。这应该可以说是"万无一失"了。

本想"绿色出行"，但考虑到上山的艰难与拥挤的交通，还是自驾吧！即使天气转暖，上山还是要做好充分的准备。登山包、冲锋衣、数码相机、头巾、水壶……还有提神食品与应急自热食品，整整装满了一个大箱子。山高坡陡，必备的护膝与登山鞋能够有效保护脚与膝盖。装备基本够用就行，但衣物要遵循及时换洗的原则。山上旅游基础设施相对落后，如果经过长途跋涉出汗后的湿衣服得不到换洗，极易引发感冒，滋味也很难受。"兵马未动，粮草先行"，必须做好充分准备，古人所言极是。

江油市境面积不大，旅游热点不多，吴家后山成为重点发展的对

旅店紧张，那就开房车来（刘谦摄）

停车位，一位难求（刘谦摄）

象。除了之前介绍过的3条上山要道外，十多年来政府极力改善以交通路网为标志的基础设施建设。目前，围绕主山体的60多千米旅游观光环道已建成，连接了3条山道。此外，因吴家后山位于成都平原至藏羌腹地的必经之路上，政府正在建设的绵九高速旅游公路将为旱丰村带来新的助推力。交通的改善方便了游客出行，也形成了一条"辛夷之旅"。游客从江油出发，到了沙窝村后，可以见到新修的药王谷游客中心。在此短暂休整后上山，一路彩旗飘扬，营造出热烈的气氛。

经常旅游的人都知道，如果旅游点预计游客爆满，就必定会实行交通管制与门票限购政策。譬如经历大地震受损后的著名景区九寨沟，2019年9月27日重新开放后每天只允许5000名游客跟团进山，而且需提前两个月订票。吴家后山赏花期间虽未控制门票，但实行较为严格的交通管制政策。进山前，我查阅网络介绍，掌握交通情况。得知沙窝村为

2013年时的辛夷花林，彼时吴家后山旅游业刚起步（刘谦摄）

唯一上山之路。路况最好的含增镇方向山路是下山通道，但是连续下山路极易造成汽车刹车片过热，引发交通事故。至于路况最差的大康镇山路是潮汐车道，车多时只下不上，车少时只上不下。

收拾好行李，摸清交通情况后，我就要出发了。4月4日早晨我一个人上路了。独行缺少伴侣，但贵在自由，可以"慢慢行"。虽然还是工作日，但是高速上已经出现了拥堵现象。可见还是有人可以不计工作，来个"说走就走的旅行"的。

我继续前行。估摸着还未实行交通管制，遂从大康镇佛爷洞上山，所幸未见拥堵。行至半山腰，几个人拦住了道路。我琢磨着难道是遇到了"拦路抢劫"？定睛一看，原来是旱丰村村民开始收费了。按车计价，每车40元。由于我在山上调研时与这些村民熟识，遂有幸免了门票。我反问村民为何收门票？他们解释道，因为花期游客大量进山，造成了极大的旅游接待压力。为了维持卫生、人工疏导、道路养护等方面的支出，不得已出此下策。然而仅靠村民自发组织，收一些门票，就能做好服务工作？显然是不够的，辛夷花已逐渐成为地方名片，有关部门也要及时跟进，成为服务主体。

山路曲曲折折，较为狭窄，路边多是悬崖峭壁。快到山顶时，一瞬间地势变得开阔。这让我想起了陶渊明的《桃花源记》中的名句："初极狭，才通人。复行数十步，豁然开朗。"与此同时，我的眼前出现了漫山遍野的辛夷花林，花开了！

2015年时的辛夷花林，已有一定的知名度（刘谦摄）

2019年吴家后山的花开得较迟，却使花期与清明假期完美重合。这肯定是上天故意安排，以使更多的人能够欣赏美景。事实上，历史上花期极盛期与清明节重合的情况极为罕见，这既有利于赏花，也为后勤保障带来了不小的压力。快到花庙子村口时，路边已停满了私家车，中间可留的通道狭窄，需万分小心方可通过。我进村后小心翼翼，生怕刮擦路边的汽车。好不容易到了吴于顺家，汗水已将我浑身湿透。所幸吴于顺已提前为我准备了车位，否则只能在偏僻处自寻车位。

停车的空地面积不大，却也算是花庙子组的"市中心""中央商务区"。空地中央，被划出一片地。他们在平地上搭张简陋的小桌子，再立个折叠伞，就算是摆了个摊位。当地人对此倒挺乐观，称其为"商业街上的旺铺"。所售多为新鲜野菜、晒干的竹笋、天麻、辛夷花蕾之类的农产品。由于游客较多，一些村民还售卖现做食品，以手制春卷、油炸肉串颇受游客欢迎。其中，最吸引眼球的就是油炸辛夷花。村民大清早来到远离赏花点的地方，选取一棵花势不错的树，爬上去后采下大约10公斤的鲜花。待游客一多，卖家就取几片花　裹上面糊炸成金黄酥脆即可。这种食品成本极低，但是借着旅游的东风，一份10元的价格还能供不应求。对此，一些村民笑着调侃道：这些油炸花家家都有，10块钱有点贵，游客有这钱还不如给他们买包烟抽。

我停好车后，就与吴绍禄老爷子商量住宿的事。早在一个星期前，我已订好了一个单间，价格为每天180元。谁知他们连忙道歉，称为准备花期之事太忙而忘记了此事。而且当场订的话，只能保证住一天，这也能理解。每逢花期，各家各户忙着采购大量的食品、一次性用品等物资，还要清理房间。整天的忙碌很容易使人忘记一些琐事。为了表示歉意，弥补过失，吴绍禄的儿子吴于顺为我联系了一家邻居，约好以50元一晚的价格入住。

村民纷纷将农家小院改成了"农家乐"（刘谦摄）

入住的房间其实就是户主儿子的婚房，还算干净。相对于旅店高昂的价格，真算得上是低价，有的住我已经心满意足了。安顿下来后，户主主动走过来与我攀谈。言语中，他不停地感慨也想趁花期摆摊挣点快钱。然而由于家中老两口年纪已大，无法办理健康证，只得作罢。从这点来看，一方面政府对服务业还是有所监管的。另一方面，村民们尚存淳朴之心，能够忍受眼前唾手可得的利益而不愿违背法律，着实难能可贵。

由于是"老主顾"，我的吃饭问题还是在吴于顺家解决，每餐价格为20元。天色渐晚，黑暗逐渐笼罩巍峨群山。可是，进村的车子反而越来越多，交通变得拥堵起来。交警的车也及时赶到，忙着疏导交通。还

凉拌辛夷花丝（刘谦摄）

凉拌野菜（刘谦摄）

凉拌辛夷花瓣（刘谦摄）

凉拌山野鱼腥草（刘谦摄）

有几位市里的领导也到达现场，了解并督促服务保障工作。

夜越来越深，气温骤然下降。订好住宿的游客要么进房间休息，要么在农家乐的院子里烤火，喝酒取乐。由于山上接待能力有限，下山又太麻烦，不少游客选择在平地、道路旁搭帐篷过夜。他们放上折叠桌椅，架起煤气炉自己做饭。

第二天早上，吴老板为大家准备早餐，根本忙不过来。事实上也确实如此，小小的院子里竟然坐了40多个人，连吴老板都忙着交代我，如有招待不周还请见谅。唉，连家里的两个几岁娃娃都上了阵，可真是太忙了！

一个鸡蛋、两个馒头，加上一碟子咸菜，就是一份简单的早餐。这种简单的饮食是最适合在花期快速供应的。用完早餐，就是一整天的游览。才过8点，山路上已停满了私家车，相当多的人还是刚上的山。我见到一家人正在停车，于是凑了过去攀谈起来。他们来自成都，在微信上看到辛夷花景的公众号推送，决定来吴家后山观景。为了避免拥堵，他们凌晨4点出发，花了4个小时才到山上。来得如此之早，着实让我感到惊诧。但他们毫无怨言，反而很庆幸避开了交通拥堵。听完此言，我默默地打开了手机地图，查看交通情况。果不其然，从江油市区到山上的道路交通已经变得"红得发紫"。这说明才八点钟而已，大批的游客正"奔涌而来"，吴家后山即将承受巨大的交通压力。

相比昨天，"中心商务区"上的摊位更多了。山里山外的小摊小贩早早地占据了有利的位置，使得花庙子仿佛已变成一个混乱的农村菜市场。自制食品、山间药材、玩具、生活用品等货物随处可见。周围还有一些随意摆放的广告招牌，以吸引游客关注。幸运的是，很快交警也骑着摩托上了山。他们麻利地指挥汽车停在路两边，以保证路中间能够空出来，保障基本的通行。而对于摆摊设点，由于没有相应的执法权，他们只能约束摊贩尽可能地不要摆在路中间，以免堵塞交通。

也许是对"今年是大花期"的消息早有耳闻，清早的吴家后山已是人山人海。道路两旁全是赏花之人，宛如一条细细的长蛇。古诗有言："清明时节雨纷纷，路上行人欲断魂。"清明节遇到大雨，似乎已是南方地区的常态。我每次清明节去湘西老家上坟，都会遇到大雨，道路泥泞难行。而吴家后山却相反，连续几日的大太阳，适合登高望远。游人如织，人流一直延伸至水竹林、大水洞等处。

跟随游客的脚步，我也随了一次"大流"。人最多的地方当数烂房子。此地有几间木屋，站在阳台上视野极度开阔。远远望去，一片茂密的花海，几栋木屋掩映在其中，颇有点中国传统美学的意境。远山、花

花期时的车队（刘谦摄）

海、木屋，以及蓝蓝的天空，好似山水画的手法，构图、颜色十分协调
精美，甚至隐约有着"留白"手法。"仁者乐山"，此等美景使人心旷
神怡，估计凡夫俗子在此隐居一段时间都会被熏陶成"仁者"的。

"太煞风景了！太难看了！"正当我欣赏美景之时，耳边却想起
了阵阵刺耳的抱怨声。怎么回事？我环顾四周，原来是几位游客脸露惋
惜之色，显而易见是有所不悦。"这么好的景致，为什么你们会觉得惋
惜？"我走过去问道。吴家后山整片整片的花海，实在太美了，按理说
不会有啥不满意的。

"景色是好。可是当我们摆好姿势，取好景时发现镜头里出现几根
粗电线！真是大煞风景！我们只得放弃拍照。"一位游客答道。

我瞅了瞅他的装扮，头戴渔夫帽，工作马甲里挂了好几个镜头，一
看就是摄影专业人士。

还没待我接话，他又接着说："还有啊，对面那些房子的屋顶都是

塑料板。蓝色的太难看了，与周边景色一点都不搭。"我仔细一看，确实如此：花海掩映着的木屋屋顶却是蓝色的，与整体景观极度不协调。此景无疑损害了农业文化遗产的景观美学价值。

而我后来在一些地方同样发现了与景观不协调的现象：花海里分布着不少简陋的、毫无美感的钢筋水泥结构建筑。这种建筑并不是不好，农民们追求更为舒适的生活环境的愿望是合理的。然而，在农业文化遗产地，修筑房屋应考虑整体环境，而不是由一些村民随心所欲地圈地、乱建。为了维持遗产地的风貌，政府应聘请环境规划专家对民居进行科学的规划。从建筑样式、建筑材料、聚落布局、基础设施等方面着手，既保证村民的居住条件，也为旅游民宿的发展奠定基础，更使建筑融于环境，保存遗产地的整体风貌。目前来看，吴家后山在这一点做得明显不足，影响游客的旅游体验。

早年间，吴氏宗族曾经聚族居于水竹林。此地周围为高耸的大山，仅在东南方留一条小路连接外界。由于木材资源丰富，村民伐木建房，多为单层木屋。后来逐渐出现泥砖墙与木柱子混搭的两三层"吊脚楼"。也有贫困者无力承担建屋费用，只得搭建木草房。草房、木屋、吊脚楼坐北朝南，散布其中。中华人民共和国成立后，吴家人搬出水竹林，分布到山上山下，成为一个小组众多的"旱丰村"。其居住方式仍以青瓦木屋为主，并多了存放辛夷果实、花蕾、粮食、农具等物品的杂物间。改革开放后，村民逐渐修建钢筋混凝土砖瓦房，居住条件获得了极大的改善，传统的木屋反而越来越少了。

时代的变迁让山里人住进了现代建筑。然而，由于条件所限，村民们没法聘请专业的施工队进山建房，只能邀请亲朋好友帮忙，或雇用大康、江油、北川等地的临时施工队。这些工人绝大部分都没有建筑技术与资质，靠着经验施工。所用的材料也较为简单：如果是单层建筑，墙

烂房子花海（张池摄）

辛夷花节时的"长枪短炮"（刘谦摄）

体多为灰色两孔砖；多层建筑的一楼为红砖砌成的盒子砖，二楼仍采用灰色两孔砖，屋顶则采用灰瓦。简陋的材料、落后的技术以及短暂的施工时间，造就了一栋栋掩映在辛夷花林的农家小屋。

"5·12大地震"后还出现了一楼为纯砖混、二楼及以上全为木质结构的建筑。这种建筑方式的好处在于一楼为承重层，坚固耐用、防盗防火。堂屋、厨房、餐厅都在这里。上面的楼层为生活区。刷了清漆的木地板可以穿拖鞋，十分卫生、典雅。地震之后，这种房子如雨后春笋般涌现，逐渐取代纯钢筋混凝土房屋，成为当地的主流建筑形式。然而，乱搭乱建现象仍广泛存在。

农业文化遗产地，核心还是"文化"。如何发掘农业文化遗产的文化价值，应是每一个农业文化遗产地的管理者需要思考的问题。宣传推广是首选途径。要不要推？怎么推？各个遗产地"各显神通"。有些地方走"网红路线"，依靠抖音、微博与微信公众号等新兴媒体平台将自身打造成"网红"。譬如红河哈尼梯田、龙胜龙脊梯田等景观特征突出的遗产地，是各大网络平台的"常客"，出镜率特别高，吸引了大批游客前来。有些领导爱走"学术路线"，通过举办会议、论坛等形式，邀请专家学者前来"问诊"，打好"文化牌"。一些部门机构则积极参加各种农业文化遗产推广会、旅游推介等活动，积极举办相关文艺活动，以提高农业文化遗产项目的社会知名度。而像紫鹊界、西湖龙井之类的优秀者更是"长袖善舞"，各方面做得都不错。所谓"酒香也怕巷子深"。社会各界需要熟悉农业文化遗产，如此才能吸引大家的关注，利于可持续性发展。可以说，各遗产地是"八仙过海，各显神通"。

与一些地区"红红火火办宣传"不同的是：江油辛夷花遗产地显得低调。清明三日，花期三日，热闹三日，也是宣传推广缺席的三日。各赏花点，仅见交通疏导，而未见有关农业文化遗产项目的介绍。游客

为了拍出最佳照片，摄影师们也是胆大（刘谦摄）

的行为处于自发状态，哪里花好看就往哪里扎堆。为了了解游客对农业文化遗产的认知程度，我在花庙子简单询问了5位游客。结果表明：因花庙子立有证明江油辛夷花传统栽培体系为中国重要农业文化遗产的碑石，游客均知道吴家后山为农业遗产地。而问及"中国重要农业文化遗产"的定义、背景、特点与意义，他们则表示并不清楚。谈及价值，5人均认为主要还是有助于发展旅游，提高当地居民的收入。由此可见，作为"外行人"，大众对农业文化遗产的认知还是有限的。按理说，辛夷花期本应是普及农业文化遗产知识的绝佳机会，而不是成为销售特产、食物与物品的集市。游客的赏花活动也需与农业文化遗产项目紧密结合。通过传单、音频、视频、小玩具、趣味游戏等手段，让他们掌握有关知识，这是比较普遍、基本的宣传方式。目前来看，这一块的管理

四川江油辛夷花传统栽培体系可是"国字号"农业文化遗产，江油的骄傲
（张池摄）

工作是缺失的。

出现宣传缺位的现象，其实并不能完全归咎于有关部门工作不到位。江油的辛夷花与其他农业文化遗产不同，其花期较短的特殊性制约了宣传工作的展开。社会对辛夷花的关注只在花期才聚焦，平常则会"习惯性忽视"。加之遗产地青壮年人口流失严重，剩下的老弱妇孺因文化水平有限，很难起到宣传的作用。即使有从事宣传工作或田野调查的人上山，都很难找到熟悉农业文化遗产知识的向导。甚至在中央电视台这样的大机构拍摄纪录片时，只有在江油市农牧局工作人员的陪同下，联系上了资深村民，才将片子拍完。可想而知，一般人上山只会看到树林，这又如何向大家宣传农业文化遗产呢？

农业文化遗产的宣传推广工作，确实受制于现实条件。在各遗产地，较为容易实现的科普方式包括发放宣传资料，以及在电视、报纸、广播等传统媒体或者微信、微博、抖音等新媒体平台发布信息。而有些遗产地的推广方式更为丰富。譬如北京市、浙江省庆元县多次分别举办京西稻收割节、庆元香菇节等节庆活动，提升了文化遗产的知名度；安徽省荻港镇创办了"荻港主题书屋"，宣传当地的农业文化，并为公众普及遗产知识；福建省安溪县则积极申报"国家农产品质量安全县"，以"国家认证"的方式，打造国营农业品牌。"他山之石，可以攻玉"，各遗产地的宝贵经验都是值得江油学习的财富。

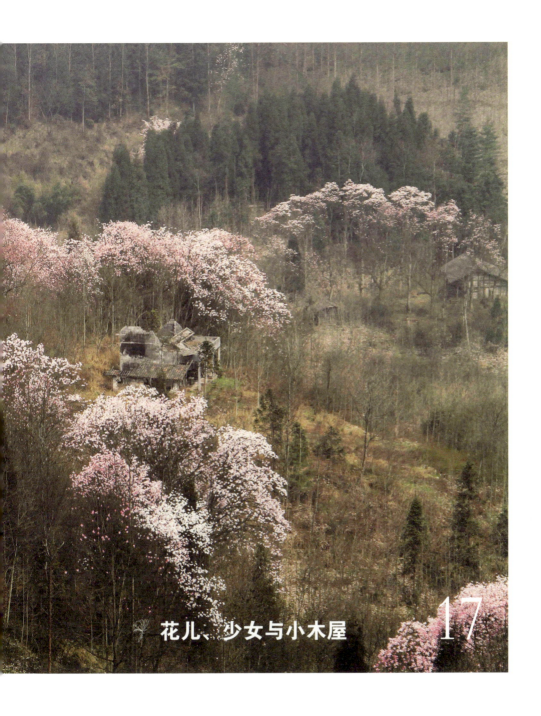

花儿、少女与小木屋 17

为了逃离"摩肩接踵"的境地，我尝试去一些人少、小众的地方，以求得到更理想的考察与摄影效果。辛夷花景观与文化资源的挖掘潜力巨大……

清明前两天，白天赏花人流不息，夜幕降临后仍有大量的车上山。维持秩序的警察与群众饭都顾不上吃，忙着疏导交通。不仅山上的旅游接待能力达到了极限，山下的大康镇、江油市的房价都翻了好几倍，且一房难求。许多人不得已选择在车里过夜，也有的人到处选空地搭帐篷，架锅煮饭。

夜里的山上气温很低，一片清冷。清晨太阳升起时，温度却快速回升。4月6日早8点左右，游客们大多已经从被窝里钻出来，抢拍清晨的美景。景色好的地方人流扎堆，寸步难行。为了逃离"摩肩接踵"的境地，我尝试去一些人少、小众的地方，以求得到更理想的照相效果。

一路寻寻觅觅，我确实发现了一些不错的景致。在幽僻的树林里，"芳草鲜美，落英缤纷"，恍如置身桃花源里。游客也少了许多，倒是不知哪里冒出来稀稀拉拉的"汉服爱好者"。这些人青春年少，华服靓丽，颜值颇高，真算得上是"花美男""美少女"，竟使我脑海中不由地浮现了著名民歌《花儿与少年》：

春季里么就到了这，
迎春花儿开迎春花儿开。
年轻轻的咯女儿家呀，
踩呀么踩青来呀。
……
小呀哥哥小呀哥哥呀，
拖一把手过来。
迎春花么就开放呀，
千呀千里香千呀千里香。

　　飘落的花儿，纯洁的少年与少女，构成了山里最有古装剧画面感的场景。也许，这才是春天最佳的打开方式吧！

　　穿越杂草丛生的树林，道路越来越狭窄，人也越来越少，只剩下了5名身挂"长枪短炮"的专业摄影者。我一直相信摄影师们的审美眼光是很"毒"的，跟着他们走肯定能发现一般人很难看到的美景。我试着与他们搭讪，然后迷迷糊糊地跟着他们到处找拍摄点。果不其然，我们在韭菜园附近走了大约半小时，直到一座乌黑的木屋前才停了下来。我

占个好位置，拍张好照片（刘谦摄）

眼前一亮，这不正是想要的绝佳景致吗？

　　这座山窝里的木屋孤零零地掩映在茂密的树林中。我敲了敲门，并没有人应答，看来荒废得颇有些年头了。不过，屋子保存得相当完整，我越看越觉得是李子柒拍视频的地方。屋子周围的地上，全是厚厚的花瓣。蔚蓝的天空、青翠的竹子、棕色的木片、斑驳的青瓦以及铺撒的花瓣，营造出世外桃源的感觉，颇具中国传统山水画的意境美。不得不说，摄影师们确实有眼光。

　　为了取得最完美的景致，我们只得与满地的花瓣保持一小段距离。"真是太美了！""这才是赏辛夷花的最佳方式""这里以前肯定住着高人"……此情此景让众人赞不绝口。摄影师们掏出自己的"兵器"，占据有利地形，摆出各种奇奇怪怪的姿势，只为获得最漂亮的照片。一阵清风吹来，辛夷花雨飘飘洒洒，大家赶紧将相机调至运动模式，抓拍

农家小院（刘谦摄）

落英缤纷（刘谦摄）

花瓣飘落的瞬间。作为摄影"小白"，我实在是幸运：只需要站在它身边，摆出同样的动作就能得到同样"完美"的照片。仅仅这座小木屋，我们竟然拍了一个多小时。直至太阳西下，众人才悻悻而去。

一路上，摄影师们互相交流摄影技巧。在他们看来，吴家后山的景观绝对没的说，完全有着山野的出尘感。而在成都附近，想找到比吴家后山更壮观的花海，几乎是很难的。众人自觉很幸运，能够找到如此美

拍花（刘谦摄）

景，拍了不少好照片。唯一遗憾的是，由于地理位置偏僻、交通落后与导游信息过少等因素的限制，一些好的景致却"养在深闺人未识"。除了专业的摄影师，一般人很难深入山林，去发现辛夷花的美。这不能不说是一个遗憾，也是未来需要去改变的现状。

文化遗产的保护，从外部扶持角度，主要依靠学界、商界、政府、新闻媒体等多方努力。学界，作为提供科学决策、指导与实践的智囊机构，对遗产的保护、传承与发展起到的作用巨大。甚至可以说，某些时候它们能成为左右遗产发展的"决策者"。因此，谁都不会忽视高校与科研机构为核心的学界力量。在各种农业文化遗产研讨会上，出席人数较多、发言最积极的也是专家学者们。

譬如我参加的2019年10月在成都市郫都区召开的"第六届全国农业文化遗产大会暨首届四川郫都林盘农耕文化系统保护与发展研讨会",来自中国农学会农业文化遗产分会、中国科学院、中国艺术研究院与华南农业大学等高校与院所的专家们就农业文化遗产的价值增值、生态保护、科技支撑以及乡村振兴等议题各抒己见,分享了最前沿的研究成果与理论。研究之深入,叹为观止,所受启发颇多,体现了学界在领域里"深耕"的专注力。

对于农业文化遗产而言,直接管理者为地方政府与社区。前者立足宏观层面的管理与大方向的确立,而后者在微观层面扮演着实际"出力人"的角色。无论如何,管理者们都需要学界的指导,保证发展方向的正确性。这就像衣服系扣子,第一颗扣子系错,后面的扣子都要错。例如在红河哈尼族聚居区,曾存在一种传统建筑"蘑菇房"。其以泥土砌墙、稻草盖顶,冬暖夏凉,是生活在梯田旁的哈尼族人的栖息地,已与长期的梯田农业文化融为一体。但是随着时代的发展,当地人住进了钢筋水泥建筑,传统"蘑菇房"却越来越少,仅存在于阿者科村等极小片范围内。近几年,连所剩无几的"蘑菇房"也朝不保夕,受损严重。此时,一些学者奔走呼吁,希望政府实施抢救措施。在学界的帮助下,地方政府相继出台了"阿者科计划"及其他各种保护政策,希望保住哈尼族人最后的传统村落。目前,阿者科的"蘑菇房"算是保存了下来。当地政府的保护意识也得以提高,愿意加强保护力度。

那么,对于江油辛夷花传统栽培体系,有没有高校或科研院所参与保护工作呢?答案是肯定的。不过,相比其他遗产项目,参与其中的学界力量实在是太过弱小了。

Agricultural
Heritage

"6000 微视觉"

18

为了更好地推介江油辛夷花农业文化资源，也为了更好地贴近"审美疲劳"的游客，当地的刘谦创立了私人公众号"6000微视觉"，成为外界了解辛夷花的重要窗口……

作为一个民族学出身的学者，走南闯北进行田野调查已是家常便饭，也会留下不少游记。当朋友们听说我要去江油看辛夷花时，纷纷表示希望能够写点游记给他们看。由于辛夷树极强的季节性特征，使得平时的吴家后山门可罗雀，而在花期短短的十余天时间里则熙熙攘攘，热闹非凡。要想写出客观、全面的游记，花期游记是不可回避的重点。俗话说："一千个读者，就有一千个哈姆雷特。"关于辛夷胜景，网络与书籍都有过相关报道。不过，我们目前所能看到的报道或多或少带有宣传的目的，行文风格不够"接地气"。如今人们经济收入改善、外出旅游机会增多，这样的文章已经很难吸引他们的眼球。为了更好地贴近"审美疲劳"的游客，私人公众号"6000微视觉"以亲历游记的方式，全面推介了江油的地方特色与辛夷美景。尤其是花期时的吃、住、行等方面的信息，可谓全面，为读者解决了很多旅途中的问题，简直就是辛夷"百科全书"，而我在写作与考察时也参考了不少。

"6000微视觉"的创始人刘谦是江油市直单位里一名普通的公务员，在快要退休时创办了此公众号。据她介绍，创办公众号的目的就是为了宣传江油的风土人情，吸引更多的游客前来观光。作为江油胜景，辛夷花可是公众号连续几年重点推

路边娇嫩的花朵，最好不要采（刘谦摄）

一串串鲜花（刘谦摄）

介的对象，每年都会刊登最新版本的旅游攻略。攻略以"江油市吴家后山，辛夷花开等你来"为题，全面介绍了吴家后山自然地理状况、人文典故、辛夷花讯、观花佳位、交通区位、住宿饮食等信息，可以说是相当细致完备了。对于不熟悉江油风土人情的人而言，这篇攻略简直就是"指路明灯"。因此，每年辛夷花期，公众号的文章被广为转发，点击率极高。

"6000微视觉"除了能够宣传辛夷花景观，解决游客需求之外，一定程度上有助于解决地方政府的管理难题。每年花期，大量游客拥入江油，旅游信息的不对称为地方政府、地方服务业带来很大的管理压力。如今，微信已经成为大众必备的社交软件，可获取的信息远比传统媒体

"一，二，三，茄子！"（刘谦摄）

多，且传播速度更快、覆盖面更广。当读者打开微信推送的文章后，
马上就能知道山路的交通管制情况、江油特色美食与旅馆信息以及如何
"错峰"赏花等必要内容，以提升旅游效率。不少游客因此在上山之前
就已经规划好路线，预订旅店与饭店。

"6000微视觉"公众号较好地改善了当地花期的交通、食宿状况，避免了交通拥堵。刘谦老师如何花费大量时间去搜集信息，保持公众号的运营？她的出发点是什么？带着疑问，我对她做了采访。她坦言："朋友们都说这个花开得好，我也希望赏花的朋友越多越好。反正我觉得吴家后山这种自生自灭式的发展模式肯定是不好的，应该是井然有序，是在保护的前提下有序地开发。政府为辛夷花期的交通服务做了不少努力，然而我们平民百姓也能够做很多事。因此我的公众号在每年花期的时候就更新一次，做些实时报道交通管制啥的。还有，现在游客到了山上后一窝蜂到处乱窜，我就要告诉游客：原始森林里还是比较危险的，要按照工作人员的指示前进。"[1]

从这个角度来说，"6000微视觉"确实填补了政府旅游管理的"盲区"，称得上是服务游客的"好帮手"。

注释

[1] 采访人：张池，采访对象：刘谦，采访时间：2018年11月9日上午，采访地点：江油市农牧局刘谦办公室。

"网红"李子柒

19

辛夷花开的盛景，不仅吸引着各地游客，也让"网红"们纷至沓来。其中，知名"网红"李子柒造访吴家后山，为传播推广辛夷花文化起到了重要作用……

近些年来，随着网络与电子设备的普及，"网络红人"文化风靡全国，形成强大的影响力。"网络红人"是指在现实或者网络生活中因为某个事件或者某个行为而被网民关注从而走红的人，或长期持续输出专业知识而走红的人。他们的走红皆因为自身的某种特质在网络作用下被放大，与网民的审美、娱乐、刺激、偷窥、臆想、品位以及看客等心理相契合，有意或无意间受到网络世界的追捧，成为"网络红人"。因此，"网络红人"的产生不是自发的，而是网络媒介环境下，网络红人、网络推手、传统媒体以及受众心理需求等利益共同体综合作用下的结果。

进入21世纪，相继诞生了一批各式"网红"。混迹网络论坛的"芙蓉姐姐"、善于制造噱头的罗玉凤、"偶然"因清纯而出名的"奶茶妹妹"等人知名度颇高。如今微博、微信以及各类短视频应用等新媒体传播平台则将"网红文化"推到了新的高度，出现了一批又一批的网红。他们或自我推广，或由专业团队包装，用尽了浑身解数以求博得曝光率。其中，四川人、知名"网红"李子柒立足于中国人古朴的传统生活，以中华民族引以为傲的美食文化为主线，围绕衣食住行四个方面，拍摄了大量短视频，并且在"新浪微博"上吸引了2000多万粉丝关注。在网络媒体领域，她的知名度可以说是相当高。

作为景观美学资源极丰富的农业文化遗产地，虽然吴家后山并没有"自我推广"，但是不难吸引包括"网红"在内的社会各界去发现它的美。这不，2019年的花期，李子柒特意来到山上，拍摄以美景和地方美食为题材的网络视频。在视频里，吴家后山笼罩在霭霭晨雾之中。只见李子柒肩披红色披风，身着一袭红衣，骑着乌黑油亮的骏马来到辛夷树下，采出一背篓的辛夷花。然后她来到一座农家小院，为"奶奶"戴上了美美的花冠。

浓雾中的路，隐藏着危险（刘谦摄）

接下来就是李子柒制作"辛夷大餐"的时间了。她将花瓣摘下来放到托盘中，进土炉烘烤。之后，将打碎的花瓣与由蜂蜜调好的辛夷花酱、面粉、花生、炒糯米粉等材料揉捏成团。经过下锅油炸，面团扩张为一朵朵生动活泼的粉红色花朵——辛夷花酥，极其诱人，引发观众食欲。在视频里，她还有其他"菜式"展示。譬如从菜地里采集的蔬菜，切成丝后与花瓣相配，做成的"辛夷花丝娃娃"；沾着蛋液与面浆的"油炸辛夷花"与"辛夷花蛋饼"以及辛夷花茶。不得不说，李子柒的手艺还是很好的。她做出的菜既保存了辛夷花粉嫩的花色，整体上也色泽鲜亮。我隔着屏幕似乎都能闻到阵阵菜香。

不得不说，作为"流量"极大的"网红"，李子柒还是有"两把刷子"的。她长相俊美，颇具中国古典美人的气质；食材精选，完全"原生态"；一双巧手，能够化腐朽为神奇；技术精湛，视频效果唯美，

2013年时的吴家后山（刘谦摄）

吸引眼球。在她强大的宣传作用带动下，此视频在微博上的互动非常惊人：转发量50873次，留言49436次，"点赞"301911次。加之其他网站上的推介、解说，可以说宣传效果相当惊人了。不少网友表示：山上的景色真是太美了！真希望能跟随李子柒的脚步，到山上看看辛夷花，体验地方美食。

事实上，李子柒选择取景吴家后山，却是为了参与"'微博扶贫助威团'公益活动"。活动由共青团雷波县委等部门资助，本质上却不是纯粹宣传吴家后山与辛夷花，更丝毫未提吴家后山的"中国农业文化遗产项目"。这显然带有"为他人作嫁衣"的性质。但无论如何，李子柒还是在一定程度上填补了辛夷花宣传推广的空白，对吴家后山社会知名度的提升作用十分明显。

Agricultural
Heritage

高校与农业文化遗产 20

由于自然地理因素的制约。长期立足吴家后山深入考察的单位有中国科学院地理所与西南科技大学等。西南科技大学既有"近水楼台先得月"优势，各科研团队也付出了努力，相关成果最为丰富……

到过吴家后山考察的高校与科研院所人员未可查知，而长期立足此地深入考察的单位，有中国科学院地理所与西南科技大学。吴家后山地理位置偏僻，西南科技大学有"近水楼台先得月"优势，相关成果最为丰富。

目前有西南科技大学两个学术"小群体"参与辛夷花传统栽培体系科研项目。第一个是以生命科学与工程学院院长侯大斌为核心的农业科技团队。侯教授在核心区域旱丰村九组建立了辛夷花、附子种苗繁育基地，注重从生物科技角度对产品进行优化。所带团队选取了92个乌药品种，"对辛夷花传统栽培体系中的乌药繁育技术进行示范"[1]，坚持长期培植与改良。

另一个科研团队由该校管理学院华春林副教授等师生组成，侧重运用管理学科知识，研究农业文化遗产与经济发展、乡村振兴之间的关系。

中央电视台工作人员为侯大斌教授安装采访设备（刘谦摄）

侯大斌教授接受采访（刘谦摄）

2019年11月1日下午，我如约来到西南科技大学，对华老师做了访谈。

华老师很健谈，她详细介绍了经管学院从事辛夷花栽培体系研究的缘起、经过、得失等内容，并且提出了自己对于农业文化遗产的理解及建议。

说起来，华春林老师算是较晚接触农业文化遗产的"新人"了。原本她有一位从事相关工作的同学，于是她也想从中寻找学术突破口。经过查阅遗产名录与资料，发现恰好吴家后山有农业文化遗产项目，就产生了基于经济学与管理学角度加以研究的想法。自2017年年底，她多次到江油考察，积累了不少成果，还以此成功申报四川省教育厅重点项目。

华老师主要采用田野观察与问卷调查相结合的方法，借助运算公式与软件，尝试发现农业文化遗产的经济价值。早在2017年12月，西南科技大学经管学院已与江油市农牧局举行了座谈会，掌握了四川省农业文化遗产与精准扶贫的详细情况，并确立了长期合作关系。然后，团队在江油市永胜镇进行了专题调研。共涉及农户823户，发放问卷823份，其中有效问卷797份。结果显示：大部分农户对江油辛夷花传统栽培体系认识不足，当地对该农业文化遗产的宣传力度急需提高。其中个人因素中受教育程度对农户认知有显著影响，而环境因素中是否关注和讨论国家大事以及社会新闻对农业文化遗产的认知程度影响最为显著。[2]

为了进一步提升研究的科学性与准确性，团队准备好了详细的调查问卷，于2019年花期后再次上山调研。

大家满怀信心而去，结果让他们有些失望。过了花期，村里的年轻人纷纷外出工作，只剩下文化水平不高的老弱妇孺。华春林老师以距江油市卫星定位17千米为调查中心，在山上、山下只投出134份问卷，其中有效问卷刚好达到100张。对于科研工作者而言，这样的样本量所能提供的信息是不完整的、不可靠的，故而很难让他们满意。

为了弥补问卷调查的不足，团队还对一些村民做了访谈。华老师发现：就中国重要农业文化遗产本体而言，村民们的理解程度还是较为粗浅的。多数人的认知停留在"国家遗产"头衔将提供发展旅游业的便利，吸引更多的游客赏花上面。也有人甚至只是觉得"国家级的农业文化遗产应该是很值钱的"，应该大力推广"农家乐"。而对于为何要保护农业文化遗产，大家则是"一问三不知"。除此之外，旱丰村内部的经济收入差异较为明显。在辛夷树集中的第九组，药材与景观资源丰富，经济条件也就最好。而略远的第七组、第六组，村民经济收入稍差。最远的组——吴家后山下的村委会所在组，生活条件最为艰苦。"花期经济"带来的效益，远离林区的人们很难分享。多数人只能依靠在花庙子摆摊设点赚些"小钱"。平时，少数人在当地务农，多数人则外出打工。这些组员们困窘的家境，急需扶贫政策的支持。

团队为了获得更多的资料，还多次与有关单位进行沟通。他们发现，农业业务部门似乎也对遗产的保护与利用途径并不明晰，缺乏与各方力量的有效协调，导致目前的扶贫效果不明显。可以说，遗产地内部的经济差距，一定程度上与地方部门的扶贫政策方向不够精确有着密切的关系。对此，华春林老师感慨道："如果这个农业文化遗产产业链能扩展一点就好了，不能只是第九组的人受益。我们应该考虑让其他组的人也加入到农业文化遗产的受益范围之内，这样才能实现精准扶贫，共同富裕。"[3]

其实，无论是地方政府，还是旱丰村民众，对辛夷花传统栽培体系都有着强烈的保护与利用意愿。只是囿于认知水平的差距，"申遗"成功后的发展步伐缓慢，与其他旅游地与遗产地的差距逐渐加大。尤其是隔壁北川羌族自治县的药王谷、九皇山等地的辛夷花旅游正在做大做强，加深了旱丰村村民的"集体焦虑"。总而言之，想要提升相关部门与村民们对农业文化遗产的认识，就不应停留在"申报即完成"的茫然状态，而是有很长一段路要走。

注释

[1] 江油市在吴家后山进行乌药繁育技术示范稿件，来源：绵阳市场信息网。

[2] 基于农户视角的农业文化遗产认知影响因素研究——以江油辛夷花传统栽培体系为例，陈代月 张华 华春林 石庆威 安徽农业科学2019年12期第277页。

[3] 采访人：张池，采访对象：华春林，采访时间：2019年11月1日，采访地点：西南科技大学华春林办公室。

ジ …　…

　　旱丰村，四川西北小村。地处高寒山区，偏远、湿冷是当地
常态。曾经吴家后山上也热闹过，在城镇化大时代的当下却逐渐
落寞。唯有每年花期，村子才重拾短暂的生机。尽管归于沉寂，
辛夷文化、物质文化、非物质文化与景观文化的魅力却难以掩
盖，将继续流传。本书试图呈现辛夷传统栽培体系的魅力，让读
者如身临其境，全面了解吴家后山上过去已发生的、现在正在发
生的那些事儿。

　　想要完成本书的写作，除了必须亲力亲为上山调研，材料也
是必须要搜集齐全的。感谢原江油市农业与畜牧局和旱丰村村委
会，两家单位不仅提供了大量的资料与照片作为参考，还不遗余
力地讲解调研中遇到的困惑。同时感谢刘谦老师，提供访谈机会
与珍贵的照片。也要感谢西南科技大学的华春林老师，接受我的

采访。更要感谢旱丰村吴绍旗书记、吴绍禄一家人以及旱丰村的老乡们，他们不仅将辛夷花知识毫无保留地告知于我，还多次演示辛夷花的种植、采摘、储藏等技术。他们的热情好客、无私奉献是本书成书的重要条件。

还要感谢北京出版集团的工作人员，他们的高效工作是本书得以顺利出版的前提。同时特别感谢恩师苑利研究员、赵宁师姐与朱佳师妹。承蒙苑利老师不弃，将写作机会交予我，并给予深切的关注。赵宁师姐与朱佳师妹为写作合同的签订、书稿的编加与出版积极"穿针引线"，没有她们的付出，断不会有此书诞生。

本书是四川农业大学艺术与传媒学院的成果。没有这个平台的依托，我极有可能在调查时因身份问题遇到麻烦，影响写作的时效性。

最后，要向亲爱的读者们致歉。即使我力求全面而深刻地呈现辛夷花传统栽培体系，也因才疏学浅，难免有所疏漏。不足之处，愿读者们能够体谅。今后，我将继续完善知识体系，提升写作能力，为大家奉献更多、更好的作品。当然，更请专家们指正！

张 池

乙亥年冬至日于雅安